SAN MANUEL BUENO, MÁRTIR

NARRATIVA

MIGUEL DE UNAMUNO

SAN MANUEL BUENO, MÁRTIR

Edición
Víctor García de la Concha

COLECCIÓN AUSTRAL

Primera edición: 10-IV-1942
Trigésima primera edición: 15-XI-1998

© *Herederos de Miguel de Unamuno, 1942*

© *De esta edición: Espasa Calpe, S. A., 1942*

Diseño de cubierta: Tasmanias

Depósito legal: M. 37.209—1998
ISBN 84—239—9588—7

Impreso en España/Printed in Spain
Impresión: UNIGRAF, S. L.

ESPASA

Editorial Espasa Calpe, S. A.
Carretera de Irún, km 12,200. 28049 Madrid

ÍNDICE

SAN MANUEL BUENO, MÁRTIR

INTRODUCCIÓN

I. La vida-obra de Miguel de Unamuno

Hijo de un modesto comerciante que había emigrado a América en busca de fortuna y que de allí había vuelto con algún dinero y más libros, Miguel de Unamuno y Jugo nació en Bilbao el 29 de septiembre de 1864. Quedó muy pronto, a los seis años, huérfano de padre y creció, por ello, en un hogar marcado por la preponderante presencia femenina, en un clima de matriarcado bastante común en la sociedad vasca. Nada tiene de extraño que algunas de sus criaturas literarias más famosas —hijos, en realidad, de su espíritu— sean, más tarde, huérfanos tempranos de padre: tales, el protagonista de *Niebla* o los hermanos Carballino de SAN MANUEL BUENO, MÁRTIR.

El niño Unamuno vive de cerca la segunda guerra carlista y el sitio de Bilbao (febrero-mayo de 1874) y se muestra por entonces muy aferrado a la tradición vasca; tanto, que al decretar Cánovas la abolición de los Fueros (1876), escribe al rey una terrible carta anónima amenazadora. Al final de sus estudios de Bachillerato pasa por una intensa experiencia religiosa, que va a hacer crisis cuando, estudiante ya de Filosofía y Letras en la Universidad de Madrid, lee todo cuanto cae en sus manos y conecta con las corrientes racionalistas y positivistas que, junto con el krausismo, dominaban los medios intelectuales vivos de Madrid. Era él entonces, según recuerda más tarde, «un muchacho melancólico» que, mientras otros jóvenes rimaban ternezas a la novia, se «llenaba de ideas eternas». Algo así como el Pachico de su novela *Paz en la guerra.*

Su tesis doctoral versa sobre «Crítica del problema sobre el origen y prehistoria de la raza vasca» (1884). Comienza en seguida el calvario de preparación de oposiciones a cátedras —Metafísica y Griego— a la par que colabora en distintos periódicos. En enero de 1891 se casa con Concha Lizárraga y, poco más tarde, obtiene la cátedra de Griego de la Universidad de Salamanca. Multiplica entonces su actividad periodística a la par que su creación —ensayo y novela— se va adensando. En 1895 publica los ensayos que integrarán su libro *En torno al casticismo,* donde perfila su teoría de la intrahistoria, y al año siguiente aparece su primera novela, *Paz en la guerra,* en la que tal teoría es aplicada al tratamiento del recuerdo vivo de la segunda guerra carlista. El joven protagonista de la novela piensa consagrar su vida a la tarea de despertar al pueblo español: exactamente lo que se ha propuesto Miguel de Unamuno, a quien con justicia calificó Curtius de *«excitator Hispaniae»,* el aguijón o despertador de España.

Había ingresado en 1894 en el Partido Socialista, pero lo abandonará en 1897 poco antes de sufrir una terrible crisis de conciencia, aparejada a otra psicológica de obsesión por la angina de pecho. En el *Diario íntimo,* escrito por entonces, hallamos su dramático relato. Rector de la Universidad de Salamanca en 1900, permanecerá en ese puesto hasta 1914. Son años fecundos de creación y actividad pública. A la novela *Amor y pedagogía* (1902) seguirán el gran ensayo sobre *La vida de Don Quijote y Sancho* (1905), su primer libro de *Poesías* (1907), *Recuerdos de niñez y mocedad* (1908), el estreno en 1909 de su obra teatral *La esfinge* (1898), *Mi religión y otros ensayos breves* (1910), *Soliloquios y conversaciones* (1911), el *Rosario de sonetos líricos* (1911), *Por tierras de Portugal y España* (1911)... y, en fin, por no alargar la lista, en 1913, *Del sentimiento trágico de la vida,* un libro en el que venía trabajando desde 1897.

Destituido como rector en 1914, su actividad en la cosa pública se multiplica. En contra de la posición germanófila de la Monarquía, se pone de parte de los aliados durante la Gran Guerra europea, y sus ataques contra el rey, por los que sufrirá varios procesamientos, se hacen cada vez más duros en relación con el problema de las colonias africanas y, en general, con el mal gobierno del país. No decrece entre tanto su actividad específica literaria. Así, van apareciendo *Niebla* (1914; escrita en 1907), *Abel Sánchez* (1917) y *Tres novelas ejemplares y un prólogo* (1920); el gran poema nacional, *El Cristo de Velázquez* (1920), en el que viene trabajando desde 1912; *La tía Tula* (1921), *Andanzas y visiones españolas* (1922), *Rimas de dentro* (1923) y *Teresa. Rimas de amor* (1924). En febrero de ese mismo año el dictador Primo de Rivera le condena al destierro: Fuerteventura, París, Hendaya. Nada le doblegará: sus artículos de denuncia de los males de España no cesan. Y, a la par, escribe *La agonía del cristianismo, Cómo se hace una novela, De Fuerteventura a París,* el *Romancero del destierro* y ese diario del alma que es el *Cancionero.*

Se niega a regresar a España hasta que cae la Dictadura (1930). Se reincorpora entonces a su cátedra y escribe la novela que aquí nos ocupa, SAN MANUEL BUENO, MÁRTIR, que aparece primero sola al año siguiente (1931) y con *Tres historias más* en 1933; añade dos dramas —*El hermano Juan* y *El otro*— y traduce la *Medea,* de Séneca (1933). En mayo de 1934 muere su mujer Concha y, poco más tarde, su hija Salomé. Se jubila como catedrático, pero es nombrado rector vitalicio de la Universidad de Salamanca. Se acumulan los honores, pero él sigue disconforme y luchando contra esto y aquello. Critica la represión de la Revolución de Asturias en 1934, pero en 1935 recibe a José Antonio Primo de Rivera, fundador de la Falange, y asiste a un mitin suyo —lo que, por cierto, pudo contribuir a que no le concedieran el premio Nobel—; firma un manifiesto para evitar la guerra civil en España, pero ataca a la República del Frente Popular. Cuando se produce el alzamiento militar en julio de 1936, Unamuno lo apoya en un primer momento como remedio necesario de rectificación de la República. El gobierno de ésta lo destituye de sus cargos, en los que le repone el general Franco; pero muy pronto, el 12 de octubre de 1936, en un acto en el Paraninfo de la Universidad de Salamanca, se enfrente al general Millán Astray y lanza fuertes críticas contra el levantamiento militar. El gobierno franquista le destituye y confina en su domicilio, donde, terriblemente desolado, va agonizando, hasta fallecer el 31 de diciembre de ese mismo fatídico año de 1936.

II. SENTIDO Y FUNCIÓN DE LA NOVELA EN LA OBRA UNAMUNIANA

A primera vista, el apretado esbozo que acabo de realizar podría dar la impresión de dispersión: un catedrático de Griego que pudo serlo de Metafísica, y que, a la vez que desciende a la arena de la política, es rector universitario y escribe novela, poesía, teatro, ensayo y periodismo. Intencionadamente, sin embargo, he titulado ese mismo esbozo «Vida-Obra» para remarcar que una y otra se desarrollan inseparablemente imbricadas. Por lo que a la obra se refiere, si es verdad que, como señaló hace tiempo Julián Marías en un estudio fundamental, «en Unamuno no se puede encontrar, no ya un sistema, sino ni siquiera un cuerpo de doctrina congruente [porque] salta sin cesar de un tema a otro, y de cada uno sólo nos muestra un destello» [1], de otro lado —y el mismo Marías lo precisa— se descubre una profunda unidad en toda la obra tan dispersa»: en temas, en actitudes ideológicas y —añado por mi cuenta— en formas literarias [2].

---

[1] *Miguel de Unamuno*, Madrid, Espasa Calpe, 1980 [2], pág. 35.

[2] Sobre la aparente asistematicidad unamuniana, véase Ciriaco Morón Arroyo, «Las ideas estéticas de Unamuno», *Letras de Deusto*, 14 (julio-diciembre de 1977), págs. 5-22.

Unamuno es monotemático; en 1916 declaraba: «Desde que empecé a escribir he venido desarrollando unos pocos y mismos pensamientos cardinales». Y esto porque desde muy pronto le preocupó hasta la obsesión una cosa: «qué ha de ser de mi conciencia, de la del otro y de la de todos después de que cada uno de nosotros se muera»[3]. He ahí la razón de que su obra «pueda reducirse en último término a su vida y, en ella, a la búsqueda encarnizada de la fe en la inmortalidad»[4]. Fijémonos bien en que lo que a don Miguel le interesa de manera específica es la pervivencia de la *conciencia.* En su ensayo capital, *Del sentimiento trágico de la vida,* declara que a él no le importa ni lo *humano* ni la abstracta *humanidad,* sino «el hombre de carne y hueso, el que nace, sufre y

---

[3]   «Soledad» (1905), en *Obras Completas,* Madrid, Escelicer, 1966, vol. II, pág. 603.

En uno de los mejores estudios sobre el pensamiento existencial de Unamuno —*Miguel de Unamuno y el protestantismo liberal alemán* (Caracas, Imprenta Nacional, 1982)—, José M.ª Martínez Barrera explica cómo desde la crisis de 1897 hasta 1907 don Miguel estuvo seducido por el pensamiento de Harnack, Ritschl y otros protestantes alemanes, de los que a partir de la segunda fecha le separa progresivamente la predominante preocupación ética y moral de ellos, mientras que a Unamuno le apremia por encima de todo la cuestión de nuestro destino personal más allá de la muerte. Esto no impide que, como ha estudiado Nelson Orringer en un libro de título muy cercano —*Unamuno y los protestantes liberales* (Madrid, Gredos, 1985)—, en *Del sentimiento trágico de la vida* se encuentren huellas positivas de aquella corriente, principalmente de Ritschl.

[4]   Carlos Blanco Aguinaga, *El Unamuno contemplativo,* México, Colegio de México, 1959, pág. 20.

muere —sobre todo muere—, el que come y bebe y juega...». Pues bien, añade allí mismo, «toda esa trágica batalla del hombre por salvarse [...] no es más que una batalla por la conciencia. Si la conciencia no es [...] nada más que un relámpago entre dos eternidades de tinieblas, entonces no hay nada más execrable que la existencia» [5].

Para conseguir esa seguridad de que nuestra conciencia sobrevivirá más allá de la muerte, no nos sirve, dice Unamuno, la razón. Él se había vuelto antiintelectualista desde 1890 [6], convencido de que «la verdad racional y la vida están en contraposición». Tampoco, sin embargo, puede prescindir de aquélla. Se entabla de este modo una lucha inevitable, «la de mi corazón, que dice sí, y mi cabeza, que dice no». De esta *agonía* entre razón y sentimiento brota, como en parto doloroso, el sentimiento trágico de la vida:

> Debe quedar, pues, sentado que la razón, la razón humana, dentro de sus límites no sólo no prueba racionalmente que el alma sea inmortal y que la conciencia humana haya de ser en la serie de los tiempos venideros indestructible, sino que prueba más bien, dentro de sus límites, repito, que la conciencia individual no puede persistir después de la muerte [...]. Fuera de ellos está lo irracional, que es lo mismo que se llame sobrerracional que infrarracional o contrarracional; fuera de ellos está el absurdo de Tertuliano,

---

[5] *Del sentimiento trágico de la vida,* Madrid, Espasa Calpe, 1985, págs. 26 y 35.
[6] Cf. Martínez Barrera, *op. cit.,* págs. 31-43.

el imposible del *certum est quia impossible est* [es cierto porque es imposible]. Y este absurdo no puede apoyarse sino en la más absoluta incertidumbre[7].

Constituye, sin duda, una reducción empobrecedora el encasillar una personalidad tan rica y contradictoria como la de don Miguel en el esquema de un *agonista*. Ya Ferrater Mora aludía a ciertos *silencios* de Unamuno que se producen —y lo proyectan— fuera de este estrecho marco[8]. No falta quien, como Sánchez Barbudo, piensa que el verdadero Unamuno es el de estos silencios, que estarían producidos por una temprana pérdida absoluta de la fe, y que todo el estrepitoso fragor de sus escritos agonistas constituye solamente eso: voces, gritos para llenar el vacío[9]. Es más discutible. Sin ir tan lejos, explorando en otra más certera dirección, Blanco Aguinaga ha hallado, en el libro que acabo de citar, al Unamuno contemplativo, ése, sí, real: una faceta más —y, a su vez, en tensión con la dimensión del agonista— de una personalidad poliédrica. Aquí y allá, en la extensísima obra unamuniana, se suceden páginas avasalladas en exclusiva por una de esas dos dimensiones; pero la lectura resultará más rica si en el punto de partida, su-

---

[7]   *Del sentimiento trágico de la vida,* cit., pág. 105.

[8]   José Ferrater Mora, *Unamuno. Bosquejo de una filosofía,* Buenos Aires, Losada, 1944.

[9]   Véase «La formación del pensamiento de Unamuno. Una experiencia decisiva: la crisis de 1897», *Hispanic Review,* 18 (1950), págs. 217-243. Recogido con otros ensayos en el libro del mismo autor *Estudios sobre Unamuno y Machado,* Madrid, Guadarrama, 1959.

perando la fácil tentación reduccionista de leer todo
en clave agónica, adoptamos una disposición recep-
tiva abierta, que debe cimentarse en una previa com-
prensión de cuál sea el sentido y la función de la escritura literaria —después, en nuestro caso, más en
concreto, de la novela— dentro de la vida-obra de
don Miguel [10].

Trataré de resumirlo en pocas palabras. Y podría-
mos partir, para captarlo, de la despectiva crítica que
don Miguel hizo del modernismo literario español.
A primera vista, la actitud no puede menos de resultar
paradójica en quien tan profundamente sintonizaba con
el pensamiento modernista europeo [11]. Federico de
Onís, primero, y, sobre todo, Juan Ramón Jiménez,
más tarde [12], vieron con claridad que don Miguel representa en nuestras letras el esfuerzo y el ejemplo más
logrado de encarnación, en la lengua española, de los
principios literarios de la *modernidad*. Es decir, que
Unamuno censura y desprecia a los modernistas espa-
ñoles —en realidad, sólo a los más superficiales representantes antologizados por Emilio Carrere en *La corte*

---

[10]   Véase el excelente estudio de Pedro Cerezo Galán, *Las máscaras de lo trágico. Filosofía y tragedia en Miguel de Unamuno*,
Madrid, Trotta, 1996, en especial el capítulo «Existir en la palabra», págs. 31-78.
[11]   Véase José María Cirarda, *El modernismo en el pensamiento
religioso de Miguel de Unamuno*, Vitoria, Publicaciones del Seminario, 1948; Francisco Fernández Turienzo, *Unamuno, ansia de
Dios y creación literaria*, Madrid, Alcalá, 1966.
[12]   Federico de Onís, estudio «introductorio» a la *Antología de
la Poesía Española e Hispanoamericana* (1934); J. R. J., *El Modernismo. Notas de un curso*, Madrid, Aguilar, 1962.

de los poetas [13] (1906)— a causa, precisamente, de que
traicionaban lo que constituye el propósito fundamental de la modernidad: preñar a la palabra de una fuerza
superior metarracional, que le permita penetrar en la
región misteriosa del ser y captar «el alma de las cosas». Hugo Friedrich ha explicado bien la crisis ideológica que en el último tercio del siglo XVIII se produce,
cuando, abandonado ya, por principio, el recurso a lo
religioso como apoyo de trascendencia, los hombres
de la Enciclopedia se convencen de que tampoco la razón por sí sola logrará nunca adentrarse en el misterio [14]. Es entonces cuando se confía esta misión a la palabra poética, esperando que, liberada de las ataduras
del discurso racional, ella logre armonizar los dos
opuestos: pensamiento y sentimiento.

El verso con que se abre el «Credo poético» unamuniano —«piensa el sentimiento, siente el pensamiento»— nos aclara dos cosas. En primer lugar, que
el planteamiento de vida que don Miguel adoptó desde
muy joven le aboca de modo irremediable a la creación
literaria. La literatura no es, en efecto, algo accidental
en él, un añadido a su dimensión de pensador o profe-
sor, sino exigencia radical de su realización como persona. Ese mismo verso justifica, además, la conver-

---

[13]   No es casual que el duro poema antimodernista que recoge
en la introducción a su primer libro poético, *Poesías,* lleve el expresivo título de «A la Corte de los Poetas»: «¡Oh, imbéciles canto-
res de la charca, / croad, papad, tomad el sol estivo, / propicia os
sea la sufrida Luna, / castizas ranas!» *(O. C.,* vol. VI, pág. 174).

[14]   *Estructura de la lírica moderna,* Barcelona, Seix Barral,
1974.

gente unidad formal de toda la literatura unamuniana. Porque también en esto ha sido don Miguel intensamente moderno; la modernidad se empeñó de continuo en destruir las barreras que la preceptiva tradicional había establecido entre los géneros: la palabra literaria es una. De ahí que, por ejemplo, al comienzo de *Del sentimiento trágico de la vida* Unamuno sienta la necesidad de advertir que «la filosofía se acuesta más a la poesía que no a la ciencia» (pág. 27), y que, más adelante, insista: «no quiero engañar a nadie ni dar por filosofía lo que acaso no sea sino poesía o fantasmagoría» (pág. 121).

Hay otro elemento básico para entender el porqué y el cómo de la literatura unamuniana: su función interpeladora o excitadora. No es ajena a la concepción romántica del artista como sacerdote de su pueblo; don Miguel no ocultará, de hecho, su devoción hacia los grandes poetas románticos nacionales y europeos y pretenderá inscribirse en su nómina con lo que él planteaba como un gran poema nacional español, *El Cristo de Velázquez*[15]. Era todavía joven cuando se sintió vocado a realizar una función profética cerca de los demás. En carta de mayo de 1898 a su amigo Ilundáin se refiere al ejercicio de esa visión como «un deber y una necesidad íntima de [su] espíritu a la vez». No se trata, por supuesto, de adoctrinar en un sentido ideológico. En el «Retrato» que de él hizo Jean Cassou y que el

---

[15]   Véase mi introducción a la edición crítica: Miguel de Unamuno, *El Cristo de Velázquez,* Madrid, Espasa Calpe, Clásicos Castellanos, 1987, págs. 13-26.

propio Unamuno glosó, afirmaba aquél: «Unamuno no
tiene ideas; es él mismo, las que le dan los otros se hacen en él [...] todas las ideas del mundo se mejen para
hacerse problema personal, pasión viva...» [16]. Es esta
pasión la que pretende comunicar. Lo revela muy bien
al final de *Del sentimiento trágico de la vida,* donde
dice al lector: «perdona si te he molestado más de lo
debido e inevitable, más de lo que, al tomar la pluma
para distraerte de tus ilusiones, me propuse». Y, con-
trahaciendo el viejo tópico español de «Aquí paz y después gloria», concluye: «¡Y Dios no te dé paz y sí gloria!» (pág. 271).

III.   LA NOVEDAD DE LA NOVELA
       UNAMUNIANA

Llegados a este punto, podemos sentar esta doble
afirmación: don Miguel tenía que ser por fuerza novelista; Unamuno no podía ser un novelista al modo tradicional. En la última etapa de su destierro parisiense
se propone escribir una novela que vendría a ser una
autobiografía: es el punto de partida de ese escrito
clave para entender su novelística: *Cómo se hace una
novela.* A poco de poner manos a la obra, se pregunta:
«Pero ¿no son acaso autobiografía todas las novelas

---

[16]   «Retrato de Unamuno por Jean Cassou», en Miguel de Unamuno, *Cómo se hace una novela,* Madrid, Alianza Editorial, 1966,
pág. 95.

del Sena, mientras pienso *Cómo se hace una novela,* U. Jugo de la Raza escuchará del protagonista de esa misteriosa novela que lleva en las manos esta profética amenaza: «Cuando el lector llegue al fin de esta dolorosa historia se morirá conmigo» (pág. 135).

De este modo, el diálogo entre el *autor-antagonista* (= protagonista de la novela) y el *lector* se plantea como una problemática aventura compartida. Ya hemos oído a don Miguel confesar que él escribe novelas para perpetuarse en sus antagonistas. Uno de éstos, el Augusto Pérez de *Niebla,* le pedirá por su parte a Unamuno que no le deje morir. Cerrando el triángulo, éste advertirá en el Prólogo a *La novela de Don Sandalio, jugador de ajedrez* que «sólo haciendo el lector, como hizo antes el autor, propios los personajes que llamamos de ficción, haciendo que formen parte del pequeño mundo —el microcosmos— que es su conciencia, vivirá en ellos y por ellos». Califico la aventura de *problemática:* «problema —explica Unamuno— viene a equivaler a *proyecto.* Y el problema, ¿proyecto de qué es? ¡De acción! [...]. Un problema presupone no tanto una solución en el sentido analítico o disolutivo, cuanto una construcción, una creación. Se resuelve haciendo. O, dicho en otros términos, un *proyecto* se resuelve en un *trayecto,* un *problema* en un *metablema,* en un cambio» (pág. 188). En otra dimensión, este peculiar planteamiento confiere a la novela unamuniana, con desigual reparto en cada caso, una sobrecarga de ideologización. En el Prólogo a *La novela de Don Sandalio,* insistiendo sobre lo ya dicho en el Epílogo, advierte: «no sea que alguien se figure que cuando he escrito novelas, ha sido para revestir disquisiciones psicológicas,

filosóficas o metafísicas. Lo que después de todo no sería sino hacer lo que han hecho todos los novelistas dig-
nos de este nombre, a sabiendas o no de ello».

Creo que hay maneras distintas de hacerlo, y don
Miguel sabía muy bien que la suya particular consistía en que el pensador se independizara a trechos del
novelista y forzara el curso del *pensamiento novelístico* desviándolo a los predios del puro pensamiento,
de lo que resulta, en ocasiones, un texto «promiscuo».
«Nunca pasaré —confesaba ya en 1902— de un pobre escritor mirado en la república de las letras como
intruso y de fuera por ciertas pretensiones de cientí-
fico, y tenido en el imperio de las ciencias por un intruso también a causa de mis pretensiones de literato.
Es lo que trae consigo el querer "promiscuar"». Hace
esta confesión en el Epílogo de *Amor y pedagogía,* su
segunda novela en la que definitivamente se desvía
del camino del realismo por el que circulaba la novela
en el siglo XIX. Su desviación venía de atrás. Ya en uno
de sus primeros cuentos, «Los gigantes», de 1887, añadía al final una nota en la que aclaraba que si el sustrato de lo que allí contaba correspondía a los cánones
de la novela histórica —porque hay personas que «pi-
den siempre la impura realidad»—, la «estricta verdad» estaba acomodada, en su caso, «a las necesidades
de la ficción poética». Y añadía: «¡Quién sabe si es lo
suyo [—lo de los "empedernidos positivistas" que se
atreven siempre "a la menguada verdad histórica"—]
fábula empírica, y mítica verdad lo mío!» [18].

---

[18]   *O. C.,* I, pág. 99 y sigs.

En ese espacio, en el que la realidad empírica se transfigura en fábula y el mito se encarna en lo real, se produce la creación novelística unamuniana. Es un espacio que viene a coincidir, por otra parte, con el de la *intrahistoria*. Don Miguel había desarrollado el concepto de ésta en los ensayos *En torno al casticismo*. Dada la estrecha relación que el núcleo simbólico de SAN MANUEL BUENO, MÁRTIR guarda con la imagen que le sirve de soporte, merece la pena recogerlo aquí. Dice Unamuno en el primero de los ensayos, «La tradición eterna»:

> ... *Tradición*, de *tradere*, equivale a «entrega», es lo que pasa de uno a otro, *trans*, un concepto hermano de los de *transmisión* [...]. Pero lo que pasa queda, porque hay algo que sirve de sustento al perpetuo flujo de las cosas [...].
> Hay una tradición eterna, como hay una tradición del pasado y del presente [...]. Si hay un presente histórico, es por haber una tradición del presente, porque la tradición es la sustancia de la Historia. Ésta es la manera de concebirla en vivo, como la sustancia de la Historia, como su sedimento, como la revelación de lo intrahistórico, de lo inconsciente en la Historia [...].
> Las olas de la Historia, con su rumor y su espuma que reverbera al sol, ruedan sobre un mar continuo, hondo, inmensamente más hondo que la capa que ondula sobre un mar silencioso y a cuyo único fondo nunca llega el sol. Todo lo que cuentan a diario los periódicos, la historia del «presente momento histórico», no es sino la superficie del mar, una superficie que se hiela y cristaliza en los libros y registros, y una vez cristalizada así, una capa dura, no mayor con

respecto a la vida intrahistórica que esta pobre corteza con relación al inmenso foco ardiente que lleva dentro. Los periódicos nada dicen de la vida silenciosa de los millones de hombres sin historia que a todas horas del día y en todos los países del globo se levantan a una orden del sol y van a sus campos a proseguir la oscura y silenciosa labor cotidiana y eterna, esa labor que como las de las madréporas suboceánicas echa las bases sobre que se alzan los islotes de la Historia [...]. Esa vida intrahistórica, silenciosa y continua como el fondo mismo del mar, es la sustancia del progreso, la verdadera tradición, la tradición eterna, no la tradición mentira que suele ir a buscar al pasado enterrado en libros y papeles y monumentos y piedras [19].

Al mismo tiempo que construye la teoría de la intrahistoria, la ejemplifica —mejor diría, la encarna— don Miguel en su primera novela, *Paz en la guerra* (1895), aparentemente ligada todavía al planteamiento realista. Sólo *aparentemente* porque, tomando como base referencial el Bilbao de la segunda guerra carlista, no teje Unamuno una novela histórica sino intrahistórica. Julián Marías fija, certero, su atención en un párrafo que, en su brevedad, contiene la clave de la transfiguración. Se ha producido el «sitio» de la ciudad y dice el novelista: «Acrecida la intensidad de la vida diaria, adquirían especial relieve los más menudos episodios cotidianos, pasto de interminables comentarios. Nada era ya trivial». Y glosa Marías: «Esta última frase es reveladora: *nada era ya trivial;* es decir, la sustancia

---

[19]   *O. C.,* I, pág. 793 y sigs.

misma de la vida cotidiana [...] se había volatilizado, y todo [...] aparecía individualizado y vocado a la fama, inserto en otro mundo, que es el de la historia»[20].

Con ser decisivo, no es éste el único punto en el que *Paz en la guerra* inicia la desviación del realismo, que, como he anticipado y el propio Unamuno ha señalado, se consuma a partir de *Amor y pedagogía* (1902). No podemos detenernos aquí en el estudio de la evolución de la técnica. Insistiendo sobre su vinculación a los propósitos de la modernidad literaria, quiero sólo apuntar que, tal como David Foster ha señalado hace tiempo, el mejor camino para comprender el significado de la novela unamuniana en el contexto de otras literaturas tal vez sea su consideración dentro de las coordenadas del expresionismo que en la novela, como en la plástica, busca desvelar el secreto profundo de la personalidad humana: «El arte expresionista —dice— representa, sobre todo, la expresión afectada de la visión, una expresión que ve, si no símbolos, imágenes y formas que en su distorsión, exageración y estilización de la realidad cotidiana, pueden revelar a través de la superficie del texto o de la obra de arte, sus características y las relaciones espirituales con otras cosas»[21].

---

[20] *Miguel de Unamuno,* cit., pág. 116.
[21] *Unamuno and the Novel as Expressionistic Conceit,* San Juan de Puerto Rico, Inter American University Press, 1973, pág. 7. Más reservas me suscita la relación que a continuación establece con la deshumanización del arte, por más que lo contraiga a los procedimientos novelísticos. En la Bibliografía recojo la referencia de otros estudios útiles para el conocimiento de la evolución de la técnica novelística de don Miguel.

IV.   «SAN MANUEL BUENO, MÁRTIR»

La culminación de la novela

A poco de regresar del exilio, el 1 de junio de 1930, va don Miguel de excursión al lago de Sanabria. Tal como él mismo cuenta en el Prólogo de 1932, en la comarca se conserva la leyenda de que en el lugar que ahora ocupa el lago estaba con anterioridad un pueblo llamado Valverde de Lucerna:

> Antiguamente, en el lugar que hoy ocupa el lago de Sanabria —que no existía—, tenía emplazamiento Valverde de Lucerna. Cierto día se presentó en la villa un pobre pidiendo limosna —era Nuestro Señor Jesucristo— y en todas las casas le cerraron las puertas. Tan sólo se compadecieron de él y lo atendieron unas mujeres que se hallaban cociendo pan en un horno. Pidió allí el pobre, y las mujeres le echaron un trocito de masa al horno que tanto creció que a duras penas pudieron sacarlo por la boca del mismo. Al ver aquello, le echaron un segundo trozo de masa, aún más chico, que aumentó mucho más de tamaño, por lo que se hizo preciso sacarlo en pedazos. Entonces diéronle el primero que salió. Cuando el pobre fue socorrido, y para castigar la falta de caridad de aquella villa, díjoles a las mujeres que abandonaran el horno y se subieran para un alto, porque iba a anegar el lugar. Cuando lo hubieron hecho y abandonaron Valverde, el pobre pronunció unas palabras mágicas y el prodigio se produjo.
>
> Tan pronto como fueron dichas —sigue la leyenda zamorana— brotó un impetuoso surtidor de la tierra, que en pocos momentos anegó totalmente a Valverde

de Lucerna, quedando el lago como hoy se ve. Tan
sólo quedó al descubierto una islita, que jamás se cubre en las crecidas, y situada exactamente en el lugar
que ocupó el horno en que fue socorrido el pobre. Por
lo demás, el lago conservó la virtud de que todo aquel
que se acercare a él en la madrugada de San Juan y se
hallare en gracia de Dios oirá tocar las campanas de la
sumergida Valverde [22].

Sin duda, sobre la motivación inmediata de escritura gravitaban diversos estímulos. Carlos Blanco
Aguinaga ha rastreado los sentidos que para don Miguel, casi desde niño obsesionado por un «símbolo
que sea como el centro de su tendencia a la inmersión,
a la pérdida de su *yo* en lo eterno inmutable», tiene el

---

[22]   Así recoge la leyenda Luis Cortés en su artículo «La leyenda
del lago de Sanabria», *Revista de Dialectología y Tradiciones Po-*
pulares, 4 (1948), pág. 95 y sigs., documentando su origen en una
tradición carolingia que habría llegado a España a través del Camino de Santiago. Joseph Bédier localiza la Valverde de Lucerna
de dicha tradición en la comarca leonesa del Bierzo, exactamente
junto al lago Carucedo y el monasterio de Carracedo («La ville lé-
gendaire de Luiserne», en *Studi Letterari e Linguistici dedicati a*
Pio Rajna, Firenze, 1911, pág. 97). Apoyándose en Bédier y recordando que el monasterio de San Martín de Castañeda fue anexio-
nado al de Carracedo ya en 1150 y así continuó hasta pasada la
Edad Media, Francisco Fernández Turienzo reclama la atención sobre «el hecho evidente de que los cronistas y poetas [carolingios]
muestran un denodado esmero en localizar en España [...] la villa
de Valverde»; y supone que, más bien que aportar la leyenda, «los
peregrinos *recogieron* el relato oral en sus paradas en el monasterio
de Carracedo, a cuya abadía pertenecía entonces San Martín de
Castañeda» (estudio preliminar a la edición de *San Manuel Bueno,*
mártir, Madrid, Alhambra, 1985, pág. 47).

lago: esos sentidos «recorren toda la gama que va desde la expresión de la contemplación positiva de la eternidad y la fusión del alma de Unamuno con el alma de un todo sin nombre o de Dios, hasta la expresión de la desaparición, plenamente negativa, del alma en la idea de la Nada» [23]. La contemplación del lago de Sanabria debió precipitar en don Miguel toda una condensación de vivencias a las que alude en el Prólogo. El hecho es que, a la vuelta del verano, en sólo un mes y de un tirón, escribe SAN MANUEL BUENO, MÁRTIR, que aparece en el número 461 de *La Novela de Hoy* (13 de marzo de 1931) y que más tarde recoge en volumen, junto a *La novela de Don Sandalio, jugador de ajedrez* —escrita casi a renglón seguido de SAN MANUEL— y otras dos novelitas cortas, *Un pobre rico o el sentimiento cómico de la vida* y *Una historia de amor,* bajo el título de *San Manuel Bueno, mártir y Tres historias más,* que publica, en 1933, Espasa Calpe.

Glosando una reseña crítica que Marañón había publicado en *El Sol* (3 de diciembre de 1931), en la que aseguraba que, por ser una obra de las más características de la producción novelesca unamuniana, SAN MANUEL iba a resultar la más leída —como, en efecto, viene ocurriendo—, Unamuno afirma en el Prólogo: «Y así como él pienso yo, que tengo la conciencia de haber puesto en ella todo mi sentimiento trágico de la vida cotidiana». Estaríamos —estamos—, según eso,

---

[23]   *El Unamuno contemplativo,* cit., págs. 245-248.

ante una obra culminante en su trayectoria. ¿Pero qué es exactamente lo que culmina ahí?

Fernández Turienzo recuerda cómo Renán, por quien don Miguel sentía viva simpatía de espíritu, comienza sus *Souvenirs d'enfance et de jeunesse* —que bien pudieron haber prestado pauta al título unamuniano de *Recuerdos de niñez y mocedad*— recordando la leyenda bretona de la villa de Is sumergida en el mar, cuyas torres emergen a ratos y cuyas campanas se escuchan en los días de calma: «Creo que a veces —dice Renán— yo tengo en el fondo del corazón una villa de Is, que hace sonar todavía las campanas obstinadas en convocar a los oficios a los fieles que ya no asisten a ellos». Todo esto lleva a Turienzo a relacionar a SAN MANUEL BUENO, MÁRTIR con el «cristianismo sentimental, algo vago» que Unamuno declaraba profesar en sintonía con el protestantismo liberal, y, sobre la base de éste, a interpretar la novela como «un relato que recrea ante nuestros ojos y en nuestra época el nacimiento del "mito" de Cristo, el Cristo de la fe católica [...]. Lo que pretende Unamuno es hacer desplegar ante nuestros ojos el espectáculo maravilloso del nacimiento de la fe, su gestación» (págs. 48-51).

Sánchez Barbudo interpreta que Unamuno se hallaba en una situación espiritual crítica. Al descontento por el rumbo político de España se añadiría el torcedor de una concreta «mala conciencia»: siendo incrédulo, él había aparecido hasta entonces ante la opinión pública como un creyente, por más que dudoso. Pues bien, «esa incredulidad íntima [...] es la que, atormentado por el contraste entre lo que era y lo que parecía, entre el Unamuno externo y el íntimo, él quiso confesar, y en cierto modo confesó, a través de su personaje, el párroco Don Manuel. Dolorosa intimidad, pues, conciencia de haber engañado [...] a sus lectores, arrepentimiento; y a la vez una reacción ante los sucesos políticos de España en 1930, es lo que movió a Unamuno —concluye Sánchez Barbudo— a escribir SAN MANUEL BUENO, MÁRTIR» [24].

Sin negar que el análisis de la novela puede hacerse atendiendo a su vinculación a un sistema [25], Blanco Aguinaga sugiere que una lectura reducida a esquema nos dejará forzosamente insatisfechos:

Nada [...] más lejos del Unamuno agonista y despertador de conciencias que el creador de este párroco (llamado Manuel, no olvidemos) y de este Lázaro al revés (o al derecho de nuevo...). Con la creación de estos dos personajes que, a falta de fe, buscaban la paz para sí y para sus hijos y hermanos todos, Unamuno, como un Alonso Quijano el Bueno a punto de morir, parece renegar de su vida de luchador para volver al

---

[24] *Estudios sobre Unamuno y Machado,* Madrid, Guadarrama, 1959, pág. 142 y sigs. En la misma línea se sitúan otros críticos; así, Antonio Regalado, *El siervo y el señor. La dialéctica agónica de Miguel de Unamuno,* Madrid, Gredos, 1968.

[25] Defensor, como hemos visto, de la existencia de tal «sistema», así lo ha hecho, por ejemplo, Ciriaco Morón Arroyo en un serio estudio: *«San Manuel Bueno, mártir* y el sistema de Unamuno», *Hispanic Review,* 32 (1964), págs. 227-246. Iris M. Zavala ha entroncado la novela con la crisis que su autor sufrió en 1897, rastreando lugares paralelos en otros escritos unamunianos: *«San Manuel Bueno, mártir* y la crisis de 1897», en su libro *La angustia y la búsqueda del hombre en la literatura,* México, Universidad Veracruzana, 1965, págs. 155-177.

seno más negativo de la parte contemplativa de su ser
que en aquellos días de profunda depresión creía más
suya. No cabe, al parecer, equivocarse en la interpretación: cuando, según suele hacerse, reducimos así la
novela [...] a un esquema de su argumento y de las
principales ideas en conflicto [...], debemos concluir
[...] que nuestro autor rechaza aquí su vieja idea de la
lucha (oponiéndose, de paso, al concepto socialista de
la lucha de clases); que niega la importancia del progreso y de toda preocupación histórica; que duda del
valor trascendente del modo de vida intrahistórico, y
que propone el sacrificio de la conciencia personal
aun a sabiendas de que el sacrificio no tiene valor objetivo alguno [...].

... Y, sin embargo, más de una vez la lectura de SAN
MANUEL BUENO, MÁRTIR nos ha sumido en dudas [26].

Señala Pedro Cerezo que don Miguel retorna en la
novela a la cuestión que, ya en 1908, había planteado
en uno de los *Diálogos del escritor y el político,* el titulado «El guía que perdió el camino». Aparece allí un
escritor que se opone a seguir defendiendo ideas en las
que ya no cree, para no defraudar la fe de sus lectores.
Pero el político apela a la ética de la responsabilidad y
le dice: «Si el guía de una caravana ha perdido el camino y sabe que al saberlo se dejarán morir los cami-
nantes de aquélla, ¿le es lícito declararlo?». El escritor
y el político muestran la cara y la cruz de la personali-

---

[26] «Sobre la complejidad de *San Manuel Bueno, mártir,* novela», *Nueva Revista de Filología Hispánica,* 15 (1961). Recogido
en Antonio Sánchez Barbudo (ed.), *Miguel de Unamuno,* Madrid,
Taurus, 1974, pág. 275 y sigs.

dad contradictoria y trágica de don Miguel, que aquí se acoge al principio nietzscheano de que el valor de la verdad está en función de su capacidad para animar la vida (pág. 720 y sigs.)

A mi juicio, en vez de llevar la lectura de la novela hacia la ideología, supuesta esa misma ideología, nuestra lectura debe ir hacia el campo abierto de una novela que, por ser claramente simbólica, está planteada como abierta a la plurisignificación [27].

Volviendo, pues, a la pregunta antes formulada, tomémosla como punto de partida: ¿qué es exactamente lo que, dentro de la producción unamuniana, culmina en SAN MANUEL BUENO, MÁRTIR? Creo que la respuesta viene sugerida por los dos escritos que, antes y después, jalonan la novela: el *Cómo se hace una novela* y *La novela de Don Sandalio, jugador de ajedrez*. Quiero decir con ello que lo que culmina es, ni más ni menos, la propia teorización sobre el arte de la novela y la experimentación de ella llevada a su último extremo. Atrás queda ya resumido el pensamiento sustancial de lo primero. «El protagonista de SAN MANUEL —Mario Valdés lo ha formulado con acierto [28]— sólo existe en la experiencia imaginativa del lector». Un paso más y en *La novela de Don Sandalio* el argu-

---

[27]   Amplío aquí mi estudio «Estructuras de *San Manuel Bueno, mártir*», en *Homenaje a Emilio Alarcos Llorach*, Oviedo, Universidad, vol. V, 1983, págs. 225-255. Véanse también los apuntes de Ricardo Gullón, «Relectura de *San Manuel Bueno*», *Letras de Deusto*, 14 (1977), págs. 43-51.

[28]   Introducción a su edición de *San Manuel Bueno, mártir*, Madrid, Cátedra, 1979, pág. 65.

mento, soporte fundamental de la novela realista, desaparece por completo: allí no pasa nada; nada en lo que llamamos vida real, en la historia; pero de ésta, precisamente, se salva el protagonista por la vida que le confiere, en la intrahistoria, la novela. Traducido a los términos que don Miguel utilizaba —casi al comienzo de su carrera de escritor, en la nota final del cuento «Los gigantes»—, muere «la menguada verdad histórica» para que nazca la «verdad mítica».

Inserta entre esos dos escritos, nada tiene de extraño que SAN MANUEL BUENO, MÁRTIR brotara de un tirón condensando en sus páginas «todo el sentimiento trágico de la vida cotidiana». Veamos cómo.

Un argumento prestado

Señalemos, de entrada, esta paradoja: la novela que toda la crítica y el propio autor consideran más «autobiográfica» de Unamuno se inspira argumentalmente en otras fuentes [29]. No debe extrañarnos: «para una verdadera novela —decía él— no importa mucho lo que suele llamarse argumentos de ella». De ahí que no se preocupara demasiado en este caso de la originalidad

---

[29] John V. Falconieri, «The Sources of Unamuno's *San Manuel Bueno, mártir*», *Romance Notes,* 5 (1963), págs. 18-22; Nelson R. Orringer, «Saintliness and its Unstudied Sources in *San Manuel Bueno, mártir*», en *Studies in Honor of Sumner M. Greenfield,* Nebraska, Society of Spanish an Spanish-American Studies, 1985, págs. 173-185; Colbert I. Nepaulsingh, «In Search of Tradition, not a Source for *San Manuel Bueno, mártir*», *Revista Canadiense de Estudios Hispánicos,* 11 (1987), págs. 315-330.

del sustrato anecdótico narrativo. Si, de un lado, la figura del sacerdote de fe problemática atrajo a muchos
novelistas europeos, la relación de SAN MANUEL
BUENO, MÁRTIR con *Il Santo,* de Fogazzaro, salta a la
vista [30]. En efecto, las semejanzas van aquí desde el
fondo teológico modernista —que en Unamuno se en-
trevera de existencialismo kierkegaardiano [31]— a la
coincidencia de escenarios —«Valsolda de Lugano»/
«Valverde de Lucerna»—; a los protagonistas —en
Piero Maironi y en Don Manuel destacan por igual la
voz y la mirada, y su sentimentalismo—; los coprota-
gonistas —hermanos Dessale/hermanos Carballino; Il
biondino lombardo/Blasillo—; los símbolos —lago de
Lugano/lago de Lucerna; el pino/el nogal matriarcal—.
Y, con todo, ningún crítico ha rebajado la dimensión
autobiográfica de la novela [32]. Pero la clave de esta
peculiar paradoja es que todo cuanto Unamuno toca,
lo asimila y lo transforma en carne de su espíritu. Por
lo demás, bien claro había manifestado él que «lo ver-
daderamente novelesco es cómo se hace una novela» [33].

---

[30]   Santiago Luppoli, *«Il Santo* de Fogazzaro y *San Manuel
Bueno* de Unamuno», *Cuadernos de la Cátedra Miguel de Unamuno,* 18 (1968), págs. 49-70.
[31]   Jesús Antonio Collado, *Kierkegaard y Unamuno,* Madrid,
Gredos, 1962.
[32]   Véanse en la Bibliografía las referencias de C. Aguilera,
G. V. Falconieri, Pelayo Fernández y A. R. Fernández y González.
Sánchez Barbudo cree que don Miguel tiene presente la historia de un
cura vasco amigo suyo, Francisco de Iturribarría *(Estudios,* pág. 242
y sigs.).
[33]   *Cómo se hace una novela,* cit., pág. 121.

Cómo se hace una novela:
la narradora y el punto de vista

En el Epílogo de SAN MANUEL BUENO, MÁRTIR, el autor real, Unamuno, convertido, según fórmula bien conocida, en *transcriptor,* califica el escrito que ha caído en sus manos como «documento» y «memoria» de Ángela Carballino. También como «relato, si se quiere novelesco», aunque —o por cuanto— «en lo que se cuenta [en él] no pasa nada». La calificación no es literalmente baladí, ya que es el género lo que puede darnos una inicial clave de lectura. Pero el problema se agrava cuando vemos que Ángela ha recibido la confidencia del núcleo central de la historia de boca de su hermano Lázaro, con lo que la cadena de transmisión tiene tres pasos, Lázaro-Ángela-Unamuno, antes de llegar al lector[34]. Y para colmo, comprobamos que los dos últimos fluctúan a la hora de definir la naturaleza del escrito. Se refiere a él, en efecto, como «memoria» en la que quiere «dejar [...] consignado [...] todo lo que sé y recuerdo de aquel varón matriarcal» (pág. 95), pero añade a renglón seguido: «a modo de confesión y sólo Dios sabe, que no yo, con qué destino»; ambos términos se repiten al final de la obra: «... al escribir esta memoria, esta confesión íntima de mi experiencia de la santidad ajena» (pág. 144).

La narración de SAN MANUEL BUENO se enmarca

---

[34]   Véase G. Jurkevich, *The elusive self,* Columbia, University of Missouri, 1984, pág. 135.

en simétricas claves temporales, indicadas por un *ahora:*

> *Ahora* que el obispo de la diócesis de Renada, a la que pertenece esta mi querida aldea de Valverde de Lucerna, anda, a lo que se dice, promoviendo el proceso para la beatificación de nuestro Don Manuel, o, mejor, San Manuel Bueno, que fue en ésta párroco, *quiero dejar aquí consignado* [...] (pág. 95).

....

> *Y ahora,* al haber perdido a mi San Manuel, al padre de mi alma, y a mi Lázaro [...], *ahora es cuando me doy cuenta de* que he envejecido y de cómo he envejecido. Pero ¿es que los he perdido?, ¿es que he envejecido? [...] (págs. 143-144).

....

> *Y ahora,* al escribir esta memoria [...] *creo que* [...] (pág. 144).

....

> *Y al escribir esto ahora aquí,* en mi vieja casa materna [...] cuando empiezan a blanquear con mi cabeza mis recuerdos, está nevando [...]. Y esta nieve borra esquinas y borra sombras [...]. *Y yo no sé lo que es verdad y lo que es mentira,* ni lo que vi y lo que soñé —o mejor lo que soñé, y lo que sólo vi—, ni lo que supe ni lo que creí. Ni sé si estoy traspasando a este papel [...] mi conciencia [...] (pág. 145).

A lo largo de un continuo eje de simetría, *«ahora»,* vemos ir decreciendo el grado de conciencia y de seguridad. Del inicial *quiero* que, connotando certeza, parecía garantizar la objetividad de la narración, se llega a un *yo no sé* desconcertante: todo está escrito desde una radical incertidumbre y a ella responden contradicciones internas que no son sólo fallos de construcción. Señalo una a modo de ejemplo. Ángela Carballino apunta, al comienzo, que «el obispo de la diócesis de Renada [...] anda, *a lo que se dice,* promoviendo el proceso para la beatificación» (pág. 95), mientras que, al final, asegura que «el ilustrísimo señor obispo *ha promovido* el proceso de beatificación» y añade «ha tenido entrevistas conmigo, le he dado toda clase de datos» (pág. 146). Pudiera parecer un dato insignificante. Comprendemos que no lo es cuando advertimos que en la obra subyace la oposición entre un proceso de reconocimiento de la santidad, en el que participan los fieles y que se articula y cifra en el obispo de Renada, y otro proceso que sólo la autora conoce. De tal oposición surge una confrontación literaria: el obispo «se propone escribir su vida, una especie de manual del perfecto párroco» (pág. 146); ella que «[ha] callado siempre el secreto trágico de Don Manuel y de [su] hermano» *(ibíd.),* y el suyo también, como veremos pronto, va a escribir, con temor, a las autoridades de la Iglesia y confiando en que lo que «consigne» —y *consignar* connota testimonio documental— no llegue a conocimiento de aquéllas.

¿Por qué y para quién escribe? No lo sabe. Desde luego, no para sus convecinos de Valverde de Lucerna. Cuando Lázaro la apremia diciéndole «cuida que no sospechen siquiera aquí, en el pueblo, nuestro secreto...», Ángela le ataja, rápida: «¿Sospecharlo? [...]. Si intentase, por locura, explicárselo, no lo entenderían [...]. Querer exponerles eso sería como leer a unos niños de ocho años unas páginas de Santo Tomás de

Aquino... en latín» (págs. 142-143). Debo anotar aquí,
desde el margen de la estructura autónoma de la novela, que Unamuno puso particular cuidado en advertir
al lector del error que implicaría tal clave de lectura
(págs. 146-148). En verdad, para un lector atento, el
aviso resulta innecesario; cuando, al final de la novela,
oye a Ángela afirmar «no vivía yo ya en mí, sino que
vivía en mi pueblo y mi pueblo vivía en mí» (pág. 144),
sabe de sobra que a esta fusión ha llegado la autora-
coprotagonista desde una posición de diferenciación
absoluta respecto de ese pueblo y a través de un proceso martirial que culmina en un suicidio: como Don
Manuel y Lázaro, ella se suicida en su pueblo para que
éste sueñe, como el lago sueña el cielo (pág. 129). A lo
largo de la novela van ensartándose constantes posesi-
vos: *«mi* querido Valverde de Lucerna», *«nuestro* Don
Manuel», *«mi* verdadero padre espiritual», *«nuestro*
santo», *«nuestro* lago», *«nuestro* párroco», *«mi* Don
Manuel», «el pueblo [y] *su* santo», *«nuestros* muertos
de vida», *«nuestros* santos», *«mi* San Manuel», *«mi*
San Blasillo». De acuerdo con lo que acabo de escribir,
sería ingenuo interpretar los binomios «mío/nuestro»,
«mío/su» como motivados por simples variantes de
una misma perspectiva de aproximación afectiva.
Desde el propio título de la obra, está en juego mucho
más. El pueblo, con su obispo, de un lado, y Ángela
Carballino, de otro, coinciden en considerar a Don Manuel santo. Más aún, en especificar que su santidad se
concreta en bondad. Pero uno y otro términos, lejos de
ser unívocos, traducen interpretaciones divergentes.

   Volviendo al interrogante planteado —¿por qué
y para quién escribe?—, podemos sólo decir que

Ángela siente la necesidad de gritar su secreto en el
preciso momento en que, asumiendo la común creencia popular, la Iglesia oficial se dispone a beatificarlo
por haber sido un buen párroco. Como Don Manuel,
su hija espiritual no cree en esa Iglesia sino en la Iglesia de Valverde de Lucerna (pág. 136), y desde ella
hace su propia proclama: *San* Manuel *Bueno, mártir*[35]. Cada uno de los adyacentes, y no sólo el último,
divergen del significado oficial. No pensemos en una
mera actitud contestataria. La autora no sabe por qué
ni para quién escribe. Necesita escribir, y eso basta:
«aquí queda esto, y sea de su suerte lo que fuere»
(pág. 146).

Pero ¿y qué escribe? No una biografía objetiva
sino, recordémoslo, la «confesión íntima de [su] experiencia de la santidad ajena» (pág. 144). De ahí que la
autora interrumpa el hilo narrativo con preguntas, breves o extensas: «Y ahora, al escribir esta memoria, me
digo: ¿Por qué no me engañó?» (pág. 127). De ahí,
también, que pueda darnos cuenta hasta de los pensamientos (pág. 144). En última instancia vamos a per-
catarnos de que, como he apuntado de paso, ella es
—con Don Manuel y su parcial contrafigura Blasillo,
con Lázaro, con Valverde de Lucerna y el lago y la
montaña— coprotagonista. El error de muchas lectu-

---

[35] ¿Mártir por la tortura de haber perdido la fe?, ¿porque desea
creer y no puede?, ¿por el engaño en que, como guía, mantiene a
sus fieles? Véase Geoffrey Ribbans, «Dialéctica de lucha y ambigüedad en la novelística unamuniana», en *Actas del Congreso Internacional del Cincuentenario de Miguel de Unamuno,* Salamanca, Universidad, 1989.

ras de esta novela se ha producido, a mi juicio, por
centrar la vista, unilateralmente, en Don Manuel, sin
advertir que él cumple en la estructura de la obra la
función de articulación de otros muchos elementos [36].
Pero, en definitiva y como consecuencia de esa indefi-
nición o en paralelo a ella, el lector no puede apreciar
una verdad única [37].

Protagonistas y escenario
del drama

Si descartamos la fugaz alusión a Perote, sin perti-
nencia funcional autónoma en la estructura de la novela, advertimos que los habitantes de Valverde de Lucerna aparecen en ella sin rostro y sin nombre. Con
una sola excepción, la madre de los Carballino, cuyo
nombre, Simona, evocando el de Simón Pedro, connota simbólicamente la función de resumen prototí-
pico de la fe popular, en contraposición estructural a

---

[36]   F. Wyers sostiene que, en la novela, el sacerdote, el lago, la
montaña y el pueblo constituyen una única entidad cuyos componentes se copian y reflejan: *Miguel de Unamuno. The contrary self,*
Londres, Tamesis Books, 1976, pág. 106.

[37]   Véanse: C. A. Longhurst, «The Problem of Truth in *San Manuel Bueno, mártir*», *The Modern Language Review,* 76 (1981),
págs. 581-597; Stephen G. Summerhill, «*San Manuel Bueno, mártir* and the Reader», *Anales de Literatura Española Contemporánea,* 10 (1985), págs. 61-79; M. Gordon, «The elusive self: Narrative Method and its Implications in *San Manuel Bueno, mártir*»,
Hispanic Review, 54 (1986), págs. 147-161; Eric Pennington,
«Reading, Writing, and Deconstructing in *San Manuel Bueno, mártir*», *Letras Peninsulares,* 4 (1991), págs. 401-421.

un implícito Pablo, aludido en aquel santo, «acaso el mayor, [que] había muerto sin creer en la otra vida» (pág. 142). Son seres sin nombre porque viven en la inconsciencia de la cotidiana intrahistoria, hechos, casi, naturaleza. Los activos protagonistas de la tragedia se nos muestran, por contra, individualizados, pero la significación simbólica de sus nombres les confiere una función universalizadora, al tiempo que los marca de ambigüedad. Se inicia, de este modo, el proceso de extrañamiento artístico que autorizará a Unamuno a afirmar que cree en la realidad de San Manuel Bueno «más que creía el mismo santo» y más que en su propia realidad (pág. 147), y que nos va a permitir entender en toda su magnitud la tragedia de Valverde de Lucerna.

Porque Manuel significa «Dios con nosotros», pero el nombre aproxima la figura del protagonista a Cristo, de modo que en varios puntos de la novela se puede dudar si es algo más que su aparente *suppositum*. ¿Y qué función significativa cumple el nombre de Lázaro: el de resucitado a la vida de la fe o el de resucitado de la creencia común a una vida nueva? [38]. En cuanto a Ángela, es indudable que su nombre nos lleva a recordar el sentido bíblico de mensajero de Dios, interpretación funcional que avala el «Epílogo» (págs. 146-148), mas no es fácil olvidar la connotación de angelical e inocente.

---

[38] Véase Blanco Aguinaga, «Sobre la complejidad...», cit., página 274, nota 2. Añádase: Thomas A. Lathrop, «Greec Origin Names in *San Manuel Bueno, mártir*», *Romance Notes,* 11 (1970), pág. 505 y sigs.

Refiriéndonos ya al lugar, recordaré, ante todo, que «Lucerna» evoca en Don Manuel a la «luciérnaga» cuya luz «es más divina que la del sol y la de cualquier estrella»[39]. Y si de la toponimia pasamos a la topología, ésta se nos aparece preñada de simbolismo generador de extrañamiento artístico. El verde valle se encuentra al pie de una montaña, término asociado muchas veces en la Biblia con la fe[40]; pero esta montaña novelesca está coronada por «la Peña del Buitre», y es sabido cómo don Miguel había convertido en *topos* particular la asociación del buitre de Prometeo a la duda que perennemente atormenta[41]. Blanco Aguinaga ha explicado cómo si toda la tendencia del Unamuno contemplativo que quiere superar la tensión de la historia en la naturaleza hacia lo inmoble se condensa en los símbolos de la madre y el agua, «el agua, a su vez, adquiere su pleno sentido al verse referida a la quietud del lago»[42]. Llega hasta acuñar un neologismo, «alagar», que expresa la anulación de toda tensión trágica. Pero en la novela gravitan sobre el término otros componentes de tradición —la laguna Estigia— o convencionales —la atracción de Don Manuel hacia el suicidio— que contribuyen a extrañar más y más, en la ambigüedad, su significado fun-

---

[39]   Prólogo a la edición de 1933.

[40]   *Gén.* 22, 14; *Éxod.* 19, 20; *Ps.* 124, 1; etc.

[41]   «A mi buitre» es el título de uno de sus más sobrecogedores poemas: «Este buitre voraz de ceño torvo / que me devora las entrañas fiero / y es mi único, constante compañero, / labra mis penas con su pico corvo...» (*O. C.,* VI, pág. 385).

[42]   *El Unamuno contemplativo,* cit., pág. 245.

cional[43]. Todo se complica aún al poner en relación el pueblo de la superficie con el que yace en la profundidad del lago. Porque el lector llega a dudar cuál es más real y, sin duda, lo son los dos. El pueblo, en fin, pertenece a la diócesis de Renada: ¿la nada absoluta o diócesis Renacida? Aunque la primera lectura parezca muy propia de Unamuno, me inclinaría por esta última interpretación, la cual, sin embargo, plantea la ulterior cuestión de su verdadero significado: ¿Renacida de qué y a qué vida? Sólo en dos textos neotestamentarios aparece el término *renatus:* San Pedro habla de los *«renati* non ex semine corruptionis» (1 *Pet.* 1, 23); San Juan recoge, por su parte, una polémica que, quizá, proyecte luz sobre nuestro tema. Habla Jesús de que el creyente debe nacer de nuevo; quienes le escuchan atienden sólo al sentido literal y preguntan cómo es posible. La clave está, naturalmente, en que él habla del nacimiento no según la carne, sino según el espíritu, y es en este punto cuando afirma: «nisi quis *renatus* fueri... non introibit...» *(Jo.* 3, 3 y sigs.). En esta

---

[43]   Sobre la complejidad literaria del escenario puede verse el ensayo de Hugo Rodríguez Alcalá, «El escenario de *San Manuel Bueno, mártir* como *incantatio poetica»,* en Germán Bleiberg y E. Inman Fox (eds.), *Pensamiento y Letras en la España del siglo XX,* Nashville, 1966, págs. 407-428; también, Thomas R. Franz, «The Poetics of Space in *San Manuel Bueno, mártir», Hispanic Journal,* 16 (1995), págs. 7-20, aplicando los esquemas de Batchelor; David G. Turner interpreta que el lago fija la continuidad de vivos y muertos: *Unamuno's webs of fatality,* Londres, Támesis, 1974, pág. 122 y sigs.; Cerezo Galán cree que el lago significa la quietud, el reposo, la intrahistoria dentro del esquema dual unamuniano del paisaje de sima y cima (págs. 91-101).

línea, diócesis de Renada equivaldría a diócesis o conjunto de los renacidos según el espíritu por la fe cristiana.

Primera parte (págs. 95-111):
toda la novela en germen

He anticipado que Don Manuel cumple una función articuladora y, por lo mismo, de él debemos partir. Unamuno destaca como base de su personalidad la inteligencia: en el seminario había sobresalido por el talento (pág. 99), y Lázaro, a raíz de su primer encuentro con él, afirma que «es demasiado inteligente para creer todo lo que tiene que enseñar» (pág. 118). De hecho, desde una posición católica no puede menos de calificarse como heterodoxo sus conceptos de la eternidad (pág. 133) o el típicamente modernista que manifiesta acerca de la verdadera religión: «Todas las religiones son verdaderas en cuanto hacen vivir espiritualmente a los pueblos que las profesan» (pág. 124). Esto último se inscribe en el concepto más amplio de la relatividad funcional de la verdad. A fin de configurar su etopeya en esta dimensión, utiliza Unamuno algunas anécdotas:

    a)   La desgraciada historia de la hija de la tía Rabona y el buen suceso de Perote (págs. 99-100).
    b)   El lago como piscina probática (pág. 100).
    c)   Los casos de la viuda y la boda (págs. 109-110).

De estos tres fragmentos, cuyo funcionamiento estructural es radial, se deduce idéntica conclusión: la

verdad ha de someterse al servicio de la paz. En todos estos casos propugna Don Manuel cerrar los ojos
a lo que en la superficie parece evidente u ofrece dudas, a fin de alcanzar la tranquilidad interior. En este
sentido, el último texto citado resulta revelador: Don
Manuel quisiera «cambiar el agua toda del [...] lago
en vino, en un vinillo que, por mucho que de él se bebiera alegrara siempre [...] con una borrachera alegre».

Activada en el pensamiento, la inteligencia se convierte en fuente de dolor. De ahí que Don Manuel op-
tara por la acción frente al pensamiento: «Su vida era
activa y no contemplativa, huyendo cuando podía de
no tener nada que hacer». Cuando oía eso de que la
ociosidad es la madre de todos los vicios, contestaba:
«Y del peor de todos, que es el pensar ocioso [...]»
(pág. 106). De ahí, también, que huyera de la soledad:
«... parecía querer huir de sí mismo, querer huir de su
soledad. "Le temo a la soledad", repetía» (pág. 110).

He aludido anteriormente al problema que plantea la
precisión semántica de su bondad. El sentido último que
emana de los datos básicos que el recuerdo de Ángela
nos proporciona sobre Don Manuel parece cercano al
de la bondad laica de Giner de los Ríos —«sed buenos
y no más»—, cifrada por A. Machado en aquel ser «en
el buen sentido de la palabra, bueno». De hecho, la última recomendación a sus feligreses es, precisamente:
«Sed buenos, que esto basta» (pág. 138). Con ella re-
mataba un proceso en el que para nada había fijado la
atención en el dogma: «Jamás en sus sermones se ponía a declamar contra impíos, masones, liberales o herejes» (pág. 105). Si alguien —en este caso, Angelita—

le pregunta por el infierno, desviará la pregunta [44], y si se le plantean dudas sobre el pecado, aclarará que el pecado es haber nacido (pág. 135). Su programa queda admirablemente resumido en el consejo que Lázaro da al sacerdote que llega a Valverde para suceder al santo: «Poca teología, ¿eh?, poca teología; religión, religión» (pág. 141). La religión consistía, para él, en «arreglar matrimonios desavenidos, reducir a sus padres hijos indómitos o reducir los padres a sus hijos, y sobre todo consolar a los amargados y atediados, y ayudar a todos a bien morir» (pág. 99); se preocupaba de que «anduviesen todos limpios» (pág. 101) y trabajaba manualmente «ayudando con sus brazos a ciertas labores del pueblo» (pág. 106). Aparece, también, como amador de la vida: «Se interesaba sobre todo en los embarazos y en la crianza de los niños, y estimaba como una de las mayores blasfemias aquello de: "¡Teta y gloria!"» (pág. 107). Le preocupaba primordialmente la alegría de sus fieles: «[...] más de una vez se puso [en el baile] a tocar el tamboril para que los mozos y las mozas bailasen» (pág. 108) y considera santo al payaso que trabaja no sólo para dar pan a sus hijos sino también para dar alegría a los otros (pág. 109). Porque para él «lo primero [...] es que el pueblo esté contento, que estén todos contentos de vivir» (pág. 108).

Apoyándose, sobre todo, en textos del *Diario ín*-

---

[44] En su *Diario íntimo* escribe don Miguel: «Por el infierno empecé a rebelarme contra la fe; lo primero que deseché de mí fue la fe en el infierno, como un absurdo moral. Mi terror ha sido el aniquilamiento, la anulación, la nada más allá de la tumba. ¿Para qué más infierno?, me decía» *(O. C.,* VIII, pág. 793).

timo, Martínez Barrera explica la posición ideológica de Don Manuel en relación con la valoración de la bondad: «No es lo mismo —escribe allí— obrar el bien que ser bueno. No basta hacer el bien, hay que ser bueno [...]. No basta ser moral, hay que ser religioso». Establecida la distinción entre moral y religión, y considerada la bondad como esencia de la religión, Unamuno llega a preguntarse si la bondad no viene a ser criterio de la verdad. Desde luego es claro que piensa que la bondad puede engendrar la fe: «Si os entregáis al ideal de perfección cristiana, ¿no terminaríais por confesar la fe cristiana? ¿No brotaría de la caridad la fe?» [45]. Años más tarde, lo repetía en *Del sentimiento trágico de la vida:* «¿No podremos decir que no es el creer en otra vida lo que le hace a uno bueno, sino que por ser bueno cree en ella?» (pág. 73). Proyectado sobre este esquema, el «martirio» de Don Manuel consistiría en que, pese a su bondad, no lograría tener la compensación de la seguridad de la fe.

Entiendo que la figura de Don Manuel agranda su dimensión trágica en la contrafigura de Blasillo, *el bobo.* Tras las huellas de Pascal, postula Unamuno la necesidad de entontecerse. Fernández Pelayo recuerda, oportunamente, a este propósito cómo, según don Miguel, «los más grandes santos [...] han sido los hombres cuya vida se acercaba más a la animalidad» [46].

---

[45] *Miguel de Unamuno y el protestantismo liberal alemán,* cit., págs. 64-66.

[46] *Op. cit.,* pág. 212.

A lo largo de la novela aparecerá claro que Blasillo de-
pende absolutamente de Don Manuel —por eso morirá
al mismo tiempo que él—, pero que Don Manuel, a su
vez, se aferra a él como queriendo recibir la fe sencilla
en el adormecimiento absoluto de la razón[47]. Quisiera
insistir en que no se trata, en modo alguno, de una figura accidental. Porque a él se le encomienda lo que en
otro pequeño estudio he denominado función de «coro
de tragedia» que jalona la evolución de la obra. Y lo
hace como un elemento más de lo intrahistórico, como
el eco que de las palabras de Don Manuel pueden de-
volver el monte y el paisaje.

Compuesto con los recuerdos de Angelita, el retrato
de Don Manuel domina lo que podemos considerar
como primera parte de la novela. En ella comprobamos perfectamente la función articuladora a que me
he referido. Blanco Aguinaga ha visto bien que en esta
primera parte todo aparece reducido a la cotidianidad.
A mí me parece necesario, sin embargo, aclarar que en
ella están ya presentes todos los actores y componentes
de la tragedia: de esa aparentemente sosegada realidad
intrahistórica, casi un cuadro de naturaleza, arrancan
las líneas de fuerza que irán acumulando tensión a lo
largo de las páginas y que, en una sobrecargada serie
de simetrías, tejerán la red de convergencias que ge-
nera la autonomía literaria. Sin ánimo de exhaustivi-
dad y a título indicativo, anotemos: aparece ya el básico terror de los hombres y el de la naturaleza —el
lago y la montaña— ante la muerte (págs. 128-129).

---

[47]   Es la lectura de Falconieri, en «The Sources...», cit., pág. 20.

La aldea es «como un broche entre el lago y la montaña» (pág. 99), pero «toda ella era Don Manuel; Don Manuel con el lago y con la montaña» (pág. 99) y él «llevaba la cabeza como nuestra Peña del Buitre lleva su cresta, y había en sus ojos toda la hondura azul de nuestro lago» (pág. 97). La alusión a Lázaro, añorando, aún en América, «colegios laicos y progresivos», hace presagiar las primeras tensiones que se producirán a su retorno al Viejo Mundo. La heterodoxa actitud pastoral, que cabría resumir en el lema «primero la paz que la verdad» —exactamente contrario al de don Miguel—, aparece connotada en las anécdotas ya registradas. Toda la tragedia, en fin, y su relación trascendente con la de Cristo, late en la descripción del sermón del Viernes Santo cuando el grito del párroco se identifica con el de Jesús y la respuesta angustiada, inmediata, de su madre con voz de Dolorosa (pág. 103).

Merece la pena detenerse en la descripción de la recitación colectiva del Credo (pág. 104). Si prescindiéramos del punto de vista desde el que Ángela escribe, habríamos de reputarla como un fallo narrativo: anticipar el final de la tragedia reduciendo el «suspense». Releamos: se fundían todas las voces «haciendo como una *montaña*» y, al llegar a lo de «creo en la resurrección de la carne y la vida perdurable», «la voz de Don Manuel se zambullía, como en un *lago* [...] y yo oía las campanas de la villa [...] sumergida [...] y eran las de la villa sumergida en el lago espiritual de nuestro pueblo». ¿No está aquí todo el núcleo de la novela? Por si fuera poco, consciente de ello, pero cediendo al ímpetu comunicativo confesional, Ángela añade a renglón seguido: «Después, al llegar a conocer el secreto de nuestro santo, he comprendido que era como si una caravana en marcha por el desierto, desfallecido el caudillo al acercarse al término de su carrera, le tomaran en hombros los suyos para meter su cuerpo sin vida en la tierra de promisión» (págs. 104-105). Pues bien, esto es lo que va a repetir el propio Don Manuel en su postrer sermón: «Recordaréis que cuando rezábamos todos en uno...» (pág. 136).

Tal superposición de planos es constante y se expande en todas las direcciones de la novela, formando esa red de simetrías a que acabo de aludir y que va estrechamente acorde con la forma primaria del contenido: una confesión que se vuelca desde el principio y avanza reiterándose, insistente, contagiando de carga afectiva al lector.

Quisiera notar, en fin, la peculiaridad bisémica de las anécdotas. Pensemos, por ejemplo, en la del payaso a quien, mientras trabaja por divertir a los demás, se le muere su mujer. La intervención del párroco en el suceso refleja, de manera directa, su bondad. Pero su estimación del payaso como santo representa un grado superior de significación y, en última instancia, connota la constitución funcional del payaso en símbolo del propio Don Manuel.

Segunda parte (págs. 111-116):
prólogo de la tragedia

Se ha señalado repetidas veces que la presentación novelesca de Ángela evoca la figura de Santa Teresa. Pienso, sin embargo, que la mayoría de los estudios naufraga, en este punto, en lo anecdótico, limitándose a cotejar las relaciones mostrativas del padre de Ángela con las de Alonso de Cepeda o las figuras de una y otra amiga aficionada y veleidosa [48]. No se nos revela así la funcionalidad del dato objetivo que a mí me parece sustancial: Unamuno emparenta la «Memoria» de Ángela Carballino con las Memorias —*Vida, Fundaciones*— de la santa abulense, pero, más radicalmente, emparenta su necesidad de comunicación [49] y, básicamente, su problema inicial. Y de aquí, de este último punto, arranca la función significativa del calco evocador: Ángela *lee* desde niña; devora ensueños, según su propia expresión, en los libros que había traído el padre, «los únicos casi —y el dato connota la falta de fuentes de concienciación de los habitantes de Valverde— que había en toda la aldea». Le surgen pronto, por este motivo, «curiosidades, preocupaciones e inquietudes» (pág. 98) y todo se agrava, hasta la crisis, con la amistad de una compañera de colegio. Igual que le ocurrió a «la Ahumadita». Como a ella, no le queda, tampoco, otro remedio que acudir al confesor e, igual que ella, va a topar con un sacerdote problematizado: en el caso de Teresa, un buen hombre, subyugado, hasta con hechizos de un idolillo, por el amor de una mujer; Ángela, en cambio, con una

---

[48] Arthur A. Natella, Jr., «Santa Teresa y *San Manuel Bueno, mártir,* de Unamuno», *Letras de Deusto,* 24 (1982), págs. 217-223.

[49] Algo de esto sugiere Blanco Aguinaga, quien, además, sagazmente, relaciona «la inocente soltura con que cada una de estas dos mujeres, por no tener costumbre de la lengua escrita, van creando su propio estilo» («Sobre la complejidad...», cit., pág. 280).

conciencia culta erosionada por la falta de fe. En ambos casos, en ambas mujeres, se produce idéntica reacción primaria: acrecimiento del afecto en línea de voluntad de protección maternal. Ahí terminan, exactamente, las semejanzas. Mientras Teresa de Jesús vigila atenta a no propasarse y su protegido muere pronto recobrado para la santidad, Ángela entrará a participar, como veremos, en el trágico proceso de Don Manuel.

Con estos antecedentes referidos a las lecturas y tempranas inquietudes de Angelita, al lector no puede sorprenderle la breve segunda parte —coincide exactamente con las págs. 111-116— en que, al plantear el párroco sus dudas, ella descubre el problema de aquél. La tragedia echa así a andar. La tragedia en todas sus dimensiones; porque, al salir de esa primera confrontación, dice Ángela: «topé con Blasillo [...] que al verme, para agasajarme con sus habilidades, repitió —¡y de qué modo!— lo de "¡Dios mío, Dios mío!, ¿por qué me has abandonado?"» (pág. 114). No es preciso reiterar la función significativa trascendente del grito coral. Como, tampoco, aclarar el alcance de estas acotaciones que Ángela añade al final de la referencia sobre la existencia del cielo y el infierno: «Cree en el cielo, en el cielo que vemos. Míralo —*y me lo mostraba sobre la montaña y abajo, reflejado en el lago*». O, a propósito del infierno: «Leí no sé qué honda tristeza en sus ojos, *azules como las aguas del lago*» (pág. 115).

Desde ese mismo momento Ángela entra en el ámbito problematizador, que es el de Don Manuel, el de Valverde, la montaña y el lago. Si va unos días a la ciudad, se ahoga, porque «sentía —dice— sed de la vista de las aguas del lago, hambre de la vista de las peñas de la montaña; sentía, sobre todo, la falta de mi Don Manuel» (pág. 116). De hija ha comenzado a convertirse en madre. No ha hecho más que comenzar el proceso trágico. Unamuno, con buen pulso, ha evitado precipitar la confesión, aunque son claros los signos de estructuración desde el punto de vista básico. Al comienzo del capítulo, por ejemplo, Ángela declara que los recuerdos exhumados de Don Manuel son «de los que vive *mi fe»:* desde esta fe, cuya peculiaridad se concretará al final, han sido seleccionadas y presentadas. A renglón seguido, añade: «volví [...] a *nuestro monasterio* de Valverde» (págs. 111-112), en clara relación con la afirmación de Don Manuel, «mi monasterio es Valverde de Lucerna» (pág. 110).

Tercera parte (págs. 116-135):
la tragedia en acción

Antes de que Lázaro entre personalmente en escena, varios indicios nos han hecho presagiar la conflictividad que va a producirse entre él y Don Manuel; o, más exactamente, entre él y cuanto en Don Manuel se cifra. Más arriba he anotado la alusión a cómo él desde América añoraba «colegios laicos y progresivos» (pág. 97). Late ahí implícita la oposición Nuevo Mundo-Viejo Mundo, que Don Manuel explicita:

—(...) Y tu hermano Lázaro, ¿cuándo vuelve? Sigue en el Nuevo Mundo, ¿no es así?
—Sí, señor, sigue en América...

—¡El Nuevo Mundo! Y nosotros en el Viejo. Pues
bueno, cuando le escribas, dile de mi parte, de parte
del cura, que estoy deseando saber cuándo vuelve del
Nuevo Mundo a este Viejo trayéndonos las novedades
de por allá. Y dile que encontrará al lago y a la montaña como les dejó (pág. 112).

Frente a lo «nuevo» y a las «novedades» —vale decir: el *tiempo* de *historia*—, lo viejo inmóvil, escleroti-
zado, hecho *naturaleza*. También con la decisión de
Lázaro de que su hermana vaya a la ciudad a estudiar y
se distancie de «*esas zafias aldeanas*» (pág. 97), se
prepara el comienzo de la tercera parte de la novela.

Lázaro vuelve de América decidido a trasladar a su
madre y a su hermana a la ciudad, «acaso a Madrid»;
porque «civilización es contrario de ruralización» y, en
concreto, porque —aclara a Ángela— «no hice que
fueras al Colegio para que te pudras luego aquí, entre
estos *zafios patanes*» (pág. 116). Lo que era antítesis
conceptual se hace tensión vivida que estrecha el cerco
en torno al núcleo de la tragedia. Si Angelita había confesado ya antes (pág. 116) que no podía estar sin el
lago y la montaña, y, sobre todo, sin Don Manuel, su
madre, la Simona, da ahora a conocer «que ella no podría vivir fuera de la vista de su lago, de su montaña, y
sobre todo de su Don Manuel» (pág. 117).

En tal punto el pulso del autor se afirma. Y una vez
más, sin romper la suspensión, antes acrecentándola,
resalta el punto de vista de la narradora. A Lázaro, en
efecto, la resistencia de su familia «le pareció un ejemplo de la oscura teocracia en que él *suponía* hundida a
España». Porque la narradora juzga las diatribas de su

hermano como «viejos lugares comunes anticlericales y hasta antirreligiosos y progresistas que había traído renovados del Nuevo Mundo» (pág. 117). Todo lo sintetiza él en dos palabras: *feudal* y *medieval*. Repitiéndolas con marcada sorna, Ángela da a entender que su hermano no comprende en absoluto el problema que ella ha comenzado —sólo comenzado (pág. 117)— a intuir. Porque no se trata, en este caso, de Valverde de Lucerna, de un simple atávico manejo de las mujeres por los curas y de los hombres por las mujeres. Es otro el problema; de ahí que cuanto Lázaro pueda argumentar deje inconmovidos —en realidad, inconmovibles como *naturaleza* en que se han convertido— a los habitantes de Valverde (pág. 117).

Pero, cuidando la coherencia de estructura, Unamuno, que ha situado en la acción del raciocinio inteligente el motor de la tragedia de la novela, presenta a Lázaro como «bueno por ser inteligente» (pág. 117). Prepara así el que pronto llegue a sospechar que el imperio de Don Manuel sobre las almas tiene una raíz diversa de la genérica que él sospechaba *(ibíd.).*

La novela-confesión avanza, apoyada, paso a paso, en simetrías. El episodio de la muerte de la Simona sirve anecdóticamente para establecer el primer contacto personal Don Manuel-Lázaro. Pero en él oímos los ecos de la doctrina que hizo a Angelita entrar en la órbita de la problematización:

> —Cree en el cielo, en *el cielo que vemos. Míralo* —y me lo mostraba *sobre la montaña* y abajo, *reflejado en el lago* (pág. 115).

—Usted no se va [...], usted se queda [...] (pág. 119).

....

—Su cielo es *seguir viéndote* [a Lázaro], y ahora
es cuando hay que salvarla (pág. 119).

Al igual que Angelita, al consultar sus dudas sobre
estos temas de ultravida, Lázaro comienza a atisbar el
problema (pág. 120) y a problematizarse a él mismo.
No se le alcanza todavía la dimensión suprapersonal
del asunto, a la que, en cambio, Angelita, quizá sin medir, por el momento, el alcance, alude: «Sí [...], esa villa sumergida en el alma de Don Manuel [...] es el cementerio de las almas de nuestros abuelos, los de esta
nuestra Valverde de Lucerna... ¡feudal y medieval!»
(pág. 121). El pueblo, en cambio, desde su propia posición de actuación en la novela, ha comenzado a inte-
grar a Lázaro en la tragedia colectiva: todos los vecinos de Valverde de Lucerna siguen con inquietud el
proceso de relación entre Don Manuel y Lázaro. Y todos, Angelita, el pueblo, el lago y la montaña viven
con intensidad el desenlace:

> Y llegó el día de su comunión, *ante el pueblo todo,*
> *con el pueblo todo.* Cuando llegó la vez a mi hermano
> pude ver que Don Manuel, tan blanco *como la nieve*
> *de enero en la montaña* y temblando *como tiembla el*
> *lago cuando le hostiga el cierzo,* se le acercó con la
> sagrada forma en la mano, y de tal modo le temblaba
> ésta al arrimarla a la boca de Lázaro que se le cayó la
> forma a tiempo que le daba un vahído. Y fue mi her-
> mano mismo quien recogió la hostia y se la llevó a la
> boca. Y el pueblo, al ver llorar a Don Manuel, lloró

diciéndose: «¡Cómo le quiere!» Y entonces, pues era
la madrugada, cantó un gallo (pág. 119).

Entiendo que las dos últimas líneas actúan como bi-
sagra estructural: el pueblo está ajeno a la tragedia interior, plena en Don Manuel y radicada ya, aunque no
desarrollada en explicación, en Lázaro. Al mismo
tiempo, la alusión al canto del gallo, evocador del
evangélico en relación con San Pedro *(Luc.* 22, 34
y sigs.), connota la toma de conciencia y anuncia que
la pasión va a comenzar.

Lázaro revela la «historia»

En efecto, apenas vueltos a casa, Lázaro descubre a
su hermana Ángela el secreto de Don Manuel; más
exactamente, la naturaleza de un secreto cuya existencia ella conocía y cuyo grave problema sabemos, desde
antes, que intuía. La revelación por parte de Lázaro del
núcleo de la tragedia condensa todos los elementos que
ya hemos visto comprobados en la descripción de la
comunión o, al principio, en los primeros encuentros
de Ángela con Don Manuel:

A) Lázaro cuenta a Angelita «una *historia*»: Don
    Manuel finge una fe robusta y pide a Lázaro
    que finja lo mismo (pág. 122 y sigs.).
B) Esta *historia* sume a Angelita en un «lago de
    tristeza» (pág. 122).
C) «... en aquel momento pasó por la calle Blasillo
    el bobo, clamando su: "¡Dios mío, Dios mío!,

¿por qué me has abandonado?". Y Lázaro se estremeció creyendo oír la voz de Don Manuel,
acaso la de Nuestro Señor Jesucristo» (pág. 123).

D)   El pueblo «cree sin querer, por hábito, por tradición. Y lo que hace falta es no despertarle.
Y que viva en su pobreza de sentimientos para
que no adquiera torturas de lujo» (pág. 125).

Constituyen los elementos A) y D) los polos opuestos
cuya antítesis origina la tragedia, mientras que B) y C)
definen su extensión inmanente —hacia la naturaleza—
y trascendente —referencia a Jesucristo—. Hay, además,
en el relato otro elemento estructural de importancia: el
que nos aclara la participación de Lázaro en la tragedia e,
indirectamente, nos hace medir la hondura de la pasión
de Don Manuel. Cuando el párroco le explica que «la
verdad es, acaso, algo terrible [...], la gente sencilla no
podría vivir con ella», Lázaro le pregunta: «Y ¿por qué
me la deja entrever ahora aquí como confesión?». Y él:
«Porque si no, me atormentaría tanto, tanto, que acabaría
gritándola en medio de la plaza, y eso jamás, jamás, jamás» (pág. 124). Espontáneamente brota entonces de la
boca de Lázaro la proclamación: *es un santo*. Su hermana especificará en seguida: «¡Qué martirio!».

Desde ese momento Lázaro milita junto a Don Manuel en el polo A) de la tragedia —«mi hermano,
puesto ya del todo al servicio de la obra de Don Manuel, era su más asiduo colaborador y compañero»,
dice Ángela (pág. 128)—, en tanto que ésta, aunque
conocedora ya del planteamiento de la situación, está
al lado del pueblo: «Nos separamos —escribe— para
irnos cada uno a su cuarto, yo a llorar toda la noche, a

pedir por la conversión de mi hermano y de Don Manuel» (pág. 126). Eso explica, estructuralmente, que en el encuentro inmediato posterior de Ángela con el párroco, situado, para mayor fuerza de contraste, en el paralelismo con el primero (pág. 126) en «el tribunal de la penitencia —¿quién era el juez y quién el reo?—», pregunta la narradora desde su punto de escritura, sea Don Manuel quien en realidad se confiesa «con voz que parecía salir de una huesa» *(ibíd)*. También se pregunta ella: «¿Por qué no me engañó?, ¿por qué no me engañó entonces como engañaba a los demás?». La verdad es que él se esfuerza y llega a proponerle en ese momento la solución que Kierkegaard contemplaba como vía de evasión ante el pavor de la duda, el matrimonio burgués: «y no te acongojes demasiado por los demás, que harto tiene cada cual con tener que responder de sí mismo» (pág. 127). Claro que no se trata más que de un despropósito y como tal lo reconoce. La escena final delimita con suma crudeza los polos de tensión trágicos A) y D). Escribe Ángela:

> Y cuando yo iba a levantarme para salir del templo, me dijo:
> —Y ahora, Angelina, en nombre del pueblo, ¿me absuelves?
> Me sentí como penetrada de un misterioso sacerdocio, y le dije:
> —En nombre de Dios Padre, Hijo y Espíritu Santo, le absuelvo, padre.
> Y salimos de la iglesia, y al salir se me estremecían las entrañas maternales (pág. 128).

Sin duda, el calificativo que mejor cuadra a la función de Ángela a partir de este momento es el de «pontifical», en el sentido etimológico del término. Constituye, en efecto, el punto de unión entre A) y D), resistiéndose a aislarse en el primero, en lo que sería una vivencia exclusiva y absoluta de la duda, pero consciente, a la vez, del problema. Veremos de inmediato cómo hasta el último momento se empeñará en imaginar un resquicio por el que pudiera haber alumbrado la fe de Don Manuel y de Lázaro. Ella, en definitiva, es la única conocedora del secreto y la única, también, capaz de comprenderlos y absolverlos de su hipotético pecado.

Una tragedia de dimensión cósmica

Desarrollados con amplitud los términos extremos básicos de la tragedia, se dedica Unamuno a explicar los elementos B) y C), que la sobrecargan de extensión e intensidad significativa. Se ocupa primero del lago y la montaña. No interesa a nuestro análisis el supuesto biográfico de la obsesión del suicidio sufrida por don Miguel al borde del Sena: la intimidad de relación con la tentación de Don Manuel es palmaria y pienso que alienta, críptica, en las frases: «me contó escenas terribles», «me parecía una locura» [50]. Tal como he anticipado, el lago cumple en la novela una función polisémica y creo que es aquí, en este pasaje en con-

---

[50] Véase Friedrich Schürr, «El tema del suicidio en la obra de Unamuno», en *Studia Philologica in honorem D. Alonso,* Madrid, Gredos, 1968, vol. III, págs. 411-417.

creto, donde cabe expresar todo el abanico de su significado:

1.   Por contraposición al río que, vivo en sus cascadas, saltos y torrenteras, se precipita *«junto a la ciudad»,* el lago es remanso de paz *«aquí, en la aldea»*
(pág. 129). Subrayo los términos que nos dan la clave
de sentido en la respectiva oposición de *historia* y *naturaleza.* Víctimas de la angustia consciente del vivir
histórico —*«historia»* ha llamado Ángela (pág. 122) al
relato que Lázaro le ha hecho sobre su común vivencia
trágica con el párroco—, Don Manuel y Lázaro, para
no suicidarse físicamente en el lago maternal de Valverde de Lucerna, prefieren suicidarse en la actividad
adormecedora del pueblo: «Sigamos, pues, Lázaro,
suicidándonos en nuestra obra y en nuestro pueblo, y
que sueñe éste su vida como el lago sueña el cielo»
(pág. 129). El pueblo —también lo he apuntado ya—
aparece en la novela convertido en *naturaleza.* Nada lo
expresa mejor que la anécdota de la zagala. Al volver
de uno de los paseos a las ruinas de la vieja abadía cisterciense, Don Manuel y Lázaro divisan a una «cabrera, que enhiesta sobre un picacho de la falda de la
montaña, a la vista del lago, estaba cantando». Es el
símbolo más directo de las gentes del pueblo, situadas
en la falda de la montaña, entre ella y el lago. Pues
bien, Don Manuel comenta:

> Mira, parece como si se hubiera acabado el tiempo,
> como si esa zagala hubiese estado ahí siempre, y
> como está, y cantando como está, y como si hubiera
> de seguir estando así siempre, como estuvo cuando
> empezó mi conciencia, como estará cuando se me

acabe. *Esa zagala forma parte, con las rocas, las nubes, los árboles, las aguas, de la naturaleza y no de la
historia* (págs. 129-130).

Lázaro pondrá de relieve a renglón seguido el amor de
Don Manuel a la naturaleza. Brota de la voluntad de afe-
rrarse a ella para superar la acción de la historia. En esta
línea preguntaba él a Ángela: «Pero tú, Angelina, tú crees
*como a los diez años, ¿*no es así?» (pág. 126). Lo que
equivale a decir: el tiempo y la conciencia histórica no
han hecho mella en ti, tú eres también naturaleza, como
el resto de vecinos de Valverde. Don Manuel sabe, sin
embargo, que, aunque todavía no se ha incorporado de
lleno a la tragedia, ya no es así. Ángela vive la tensión de
los dos polos, sujeta a la erosión progresiva de la duda.

2.   Mas he aquí que, según San Pablo, la naturaleza padece también el anhelo trágico de la liberación:
«todas las criaturas están gimiendo con dolores de
parto» *(Rom.* 8, 22). Hay misterios que obsesionan a
Don Manuel y, entre todos, le parece el mayor «el de la
nieve cayendo en el lago y muriendo en él mientras cubre con su toca a la montaña» (pág. 130). El símbolo se
inscribe en la oposición «lago/montaña», equivalente a
«seno de muerte/fe salvadora». Pocas líneas antes, Unamuno ha aportado un tercer término, el cielo que está
por encima de la montaña: desde el lago, por la montaña, se puede alcanzar, en sueño, el cielo (pág. 129).
Pero ese punto de apoyo de la fe es, contra lo que parece, endeble. Recuérdese que la montaña de Valverde
de Lucerna está coronada por la Peña del Buitre que,
con su pico, incesante, la devora. Del mismo modo, la
nieve que en ella aparenta conservarse intacta es la mis-

ma que se funde en la disolución mortal del lago. Y, así, viene a resolverse la oposición básica:

> Una noche de plenilunio [...] volvían a la aldea por la orilla del lago, a cuya sobrehaz rizaba entonces la brisa montañesa y en el rizo cabrilleaban las razas de la luna llena, y Don Manuel le dijo a Lázaro:
> —¡Mira, el agua está rezando la letanía y ahora dice: *ianua caeli, ora pro nobis,* puerta del cielo, ruega por nosotros! (págs. 130-131).

Esto es, la montaña y el lago padecen, con Don Manuel y con Lázaro, la tragedia de la duda. La tragedia adquiere dimensión cósmica.

Dimensión trascendente

Queda ya dicho que Unamuno escribe SAN MANUEL BUENO en un período de aguda crisis de desmoralización y de falta de fe en las posibilidades de la acción política. Los párrafos allí transcritos sobre los sindicatos y la revolución social son suficientemente expresivos al respecto. Pero ¿qué función estructural cumplen en la novela? Entiendo que significan la eliminación de cualquier vía evasiva y, en concreto, de la que pudiera canalizar las energías hacia el área del trabajo o de la ocupación en lo inmanente. Una tarea de ese tipo podría haber restado intensidad a la acción trágica; circunscritos estrictamente al terreno religioso puro, Don Manuel y Lázaro concentran todas sus energías en la vivencia de este único problema: la fe en el otro mundo. Confirma esta lectura el hecho de que Don Manuel acepte el que «ellos», los cristianos de Valverde de Lucerna, organicen el sindicato: «No, Lázaro; nada de sindicatos por *nuestra* parte. Si lo forman *ellos* me parecerá bien, pues que así *se distraen*. Que jueguen al sindicato, si eso les *contenta*» (pág. 132).

Enfrentados de modo ineludible al problema, la vida es toda Pasión. No es, en tal sentido, fortuito el que todos los momentos clave de la novela —es decir, las etapas del proceso agónico de Don Manuel y los suyos— vayan jalonados por el grito «¡Dios mío, Dios mío!, ¿por qué me has abandonado?». La serie de simetrías «Don Manuel/Jesucristo» se condensan «al llegar la última Semana de Pasión». El párroco revela: «[...] yo también puedo decir con el Divino Maestro: Mi alma está triste hasta la muerte». El pueblo presagia el final de una tragedia cuya índole desconoce. En el recuerdo confesional de la narradora se amontonan entonces las identificaciones: «Y cómo sonó entonces aquel: "¡Dios mío, Dios mío!, ¿por qué me has abandonado?" [...]. Y cuando dijo lo del Divino Maestro [...], aquello de: "Mañana estarás conmigo en el paraíso"». En el momento de la última comunión, Don Manuel marca el contraste entre Lázaro y él, de un lado, y el pueblo, de otro; por eso le dice a aquél: «No hay más vida eterna que ésta... que la *sueñen* eterna...». Y de nuevo confiere a Ángela la función de «pontífice»: «Reza, hija mía, reza por *nosotros*»; esto es, por Lázaro y por él. Pero en ese instante todos los signos de indicio de semejanza con Cristo cobran, de súbito, una significación profunda:

Y luego [escribe Ángela], algo tan extraordinario que lo llevo en el corazón como el más grande misterio, y fue que me dijo con voz que parecía de otro mundo: «... y reza también por Nuestro Señor Jesucristo» (págs. 133-134).

Lleva aquí Unamuno a sus últimas consecuencias la idea, del modernismo teológico, de que Cristo fue el hombre que en más alto grado experimentó, con todos los riesgos inherentes, la vivencia de la filiación divina; y supone que las palabras de la cruz —«¿Por qué me has abandonado?»—, que, en realidad, pertenecen a la recitación del Salmo 21, expresan la congoja de Cristo y, más en concreto, su duda sobre el más allá, ante la muerte. Como cualquiera de los aldeanos de Valverde en los que, al morir, Don Manuel adivinaba «toda la negrura de la sima del tedio de vivir» (página 129), como el propio Don Manuel y su colaborador Lázaro, Jesucristo también dudó y, aterrado, demandó auxilio. Al escucharlo, Ángela mide bien el alcance de la afirmación:

> Me levanté sin fuerzas y como sonámbula. Y todo en torno me pareció un sueño. Y pensé: «Habré de rezar también por el lago y por la montaña» (pág. 134).

Exactamente. Tendría que rezar *a)* por Don Manuel y Lázaro; *b)* por el lago y la montaña; *c)* por Jesucristo. En suma, por cuantos viven la tragedia.

Al llegar a casa después de esta última comunión repartida por Don Manuel, en simetría estructural con lo ocurrido a raíz de la primera comunión de Lázaro (página 122), Angelita va a profundizar decisivamente en su toma de conciencia. Comprende la identidad «de

nuestros dos Cristos, el de esta tierra y el de esta aldea» y se pone a rezar. Cuando, en el Padrenuestro,
llega a lo de «nosotros pecadores», le asalta la duda:
«¿y cuál es nuestro pecado, cuál?». La respuesta que
dará el párroco es la de Calderón: el haber nacido.

Cuarta parte (págs. 135-146):
relevo en la tragedia

He denunciado ya el error que supondría —que supone, de hecho, con frecuencia— estructurar la lectura
de la novela al hilo de la mera biografía de Don Manuel. Porque la magnitud de la tragedia consiste, precisamente, en su contagiosidad, extensión y trascendencia. A lo largo de su vida y obra, el párroco se ha
esforzado en construir «la Santa Madre Católica Apostólica Romana, [...] la *Santa Madre Iglesia de Valverde
de Lucerna, bien entendido*» (pág. 136). Este su pecado le acarreará el mismo castigo que padeció otro
análogo dubitante, Moisés. A las puertas de la muerte
él encomendará a Lázaro que sea su Josué, que conti-
núe su obra y que resista tanto a lo que significa «historia», que —llega a decirle— «si puedes detener el
Sol, deténle, y no te importe del progreso» (pág. 137).

Su última predicación conjuga —«ya os lo he dicho
todo»— todos los elementos habituales: vivid en paz,
sed buenos, rezad. Y constituye a la vez la confesión de
que la esperanza es como un espejismo: «esperando que
todos nos veamos un día en la Valverde de Lucerna
que hay allí, entre las estrellas de la noche que *se reflejan* en el lago, sobre la montaña» (pág. 138). De nuevo,

pues, la triple escala ascendente, cuya última realidad, el cielo, se desdibuja en un «allí» que parece determinado, pero que, insisto, es un simple *reflejo* de un sueño.

Fiel a sus principios, cerrando la simetría, mientras la comunidad recita el Credo, «al llegar a lo de *la resurrección de la carne y la vida perdurable*», Don Manuel y su *alter ego* inconsciente, Blasillo, han muerto.

Lázaro toma el relevo de la acción y del final trágicos. En cuanto a lo primero, «continuaba la tradición del santo» (pág. 140) y se convierte, junto con Ángela, en guía del nuevo cura de Valverde. Conocemos ya la recomendación que a éste le hace: «Poca teología, ¿eh?, poca teología; religión, religión». Y apostilla la narradora: «[...] yo al oírselo me sonreía, pensando si es que no era también teología lo nuestro». Desde luego que se trata de una contrateología. En ese *«lo nuestro»*, Ángela parece insinuar que se ha incorporado de lleno a la tragedia. Sin embargo, en otro encuentro doméstico hace un ulterior, estéril esfuerzo dialéctico por convencerse de que Don Manuel creía o, al menos, ahora cree.

Con Lázaro se va otro pedazo de Don Manuel. Cuando muere, Ángela le considera «otra laña más entre las dos Valverdes de Lucerna, la del fondo del lago y la que en su sobrehaz se mira»; y lo proclama, de entre los muertos de vida, «uno también, a su modo, de nuestros santos». Pero aún cabe otro relevo. Lázaro había dicho a su hermana: «lo demás de él [de Don Manuel] vivirá contigo» (pág. 143); el comienzo del último tramo de la narración de Ángela indica bien a las claras que ella ha asumido su cruz: «quedé más que desolada, pero en mi pueblo y con mi pueblo». Ya no son sus vinculaciones las de la sangre sino las del espíritu y hace lo que Don Manuel les enseñó, a ella y a su hermano: «a sumergirnos en el alma de la montaña, en el alma del lago, en el alma del pueblo de la aldea, a perdernos en ellas para quedar en ellas» (pág. 144). Es el suicidio que él mismo practicaba a diario. Todavía en las últimas líneas de su relato-memoria-confesión, quisiera Ángela defender la posibilidad de que quizá no fueran incrédulos, «que acaso en el acabamiento de su tránsito se les cayó la venda» (pág. 145). Ésta y otras análogas insistencias que jalonan la obra confirman estructuralmente a Angelita en esa función clave de la tragedia que ya he apuntado: la de pontífice.

Pero en ese mismo punto a que aludo, nos hallamos en una situación simétrica de aquella otra en que Don Manuel reconocía: «no sé ya lo que me digo». Porque, a renglón seguido de afirmar que tal vez en el último momento creyeron, nos espeta ella a bocajarro: «¿Y yo, creo?». Hemos pasado, de súbito, a un presente puntual concreto, el que está viviendo la narradora, que se constituye en punto de vista desde el que proyecta el escrito. Distingamos analíticamente, para calar al fondo del contenido de la tragedia y de su estructuración formal, los dos aspectos solidarios de una realidad indivisible.

A estas alturas, Ángela, como Don Manuel, no sabe ya lo que dice: no sabe si cree, porque tampoco sabe lo que es creer. Se pregunta si será ella «la única persona que en esta aldea se ve acometida de estos pensamientos extraños para los demás». Y llega a envidiar la suerte de los no-conscientes: «¿Y éstos, los *otros* [= distintos de *nosotros*], los que me rodean, creen? [...]. *Por lo menos, viven*» (pág. 146). Uno de los mayores aciertos unamunianos al estructurar la novela es, a mi juicio, éste de dejarla abierta. Mientras alumbre la conciencia de Ángela, habrá tragedia. A los ojos del lector se agiganta la figura de esta cincuentona absolutamente sola y desolada, que, a diferencia de Don Manuel o de Lázaro, no dispone de nadie inmediato con quien desahogarse. Digo *inmediato* e, implícitamente, estoy apuntando al porqué de la obra: contratestimonio, confesión, relato y memoria, sí; pero, al mismo tiempo, necesidad de gritar para liberarse del agobiante peso interior. Y esta peculiar situación anímica, en la que radica el escrito, hace que brote sobresaturado de carga afectiva. No hay espacio aquí para completar un análisis de las familias semánticas que denotan o connotan emoción y lágrimas. Basta anotar que la madre de Ángela «estaba *enamorada* —claro que castísimamente— [de Don Manuel]» (pág. 96). Él arrastraba los *corazones* y, traspasando la carne, miraba al *corazón* (pág. 97); quería a los suyos y los *acariciaba (ibíd.)*. Puede decirse que cada página de la novela chorrea lágrimas: un día, al oír su «¡Dios mío, Dios mío...!», «fue *un chaparrón de lágrimas entre todos*» (pág. 103). Ángela llora en cada confesión (pág. 112), y Don Manuel, Ángela y el pueblo todos lloran el día de la comunión de Lázaro (pág. 121). No es preciso alargarse: la novela rezuma, en general, una hiperestesia que mana de la posición espiritual de la narradora. Pienso que uno de los mejores logros artísticos del autor consiste precisamente en que lo que podría haberse reducido a una tragedia dialéctica, se hace carne y se sensorializa.

Por ocuparnos aquí tan sólo de las líneas formales de estructura, huelgan los datos lingüísticos que apoyarían este mismo en convergencia. Porque, en efecto, la lengua

de SAN MANUEL BUENO, MÁRTIR es la propia de una
confesión, intensamente connotativa, cargada de redu-
plicaciones y exclamaciones, a la par que entreverada
de reticencias, suspensiones e interrogaciones. Pero
todo, como bien apuntó Blanco Aguinaga, «en una
prosa extrañamente tierna y sin violencias, cabe decir,
sin agonía expresiva» [51]. Y no hay contrasentido, ya
que el desahogo, desde esa situación límite, impregna
todo de fluidez.

Mas he aquí que en ese momento en que Ángela me-
morializa-relata-confiesa y, en suma, se desahoga,

> ... al escribir esto ahora, aquí, en mi vieja casa ma-
> terna, a mis más que cincuenta años, cuando empie-
> zan a blanquear con mi cabeza mis recuerdos, está
> nevando, nevando sobre el lago, nevando sobre la
> montaña, nevando sobre las memorias de mi padre, el
> forastero; de mi madre, de mi hermano Lázaro, de mi
> pueblo, de mi San Manuel, y también sobre la memo-
> ria del pobre Blasillo (...). Y yo no sé lo que es verdad
> y lo que es mentira, ni lo que vi y lo que soñé —o me-
> jor lo que soñé y lo que sólo vi—, ni lo que supe ni lo
> que creí. No sé si estoy traspasando a este papel, tan
> blanco como la nieve, mi conciencia que en él se ha
> de quedar, quedándome yo sin ella. ¿Para qué tenerla
> ya...? (pág. 145).

Hay un aquí, un ahora, unos lugares y unas personas
reales. Pero esa nieve simbólica polisémica —la que
permanece intacta en la montaña y muere en el lago—

---

[51] *El Unamuno contemplativo*, cit., pág. 371.

borra los espacios, deforma las figuras y produce el espejismo del tiempo. En ese punto todo se des-realiza para convertirse en símbolo de dimensiones universales. ¿En ese punto? No. Si volvemos la vista atrás, nos percatamos de que el texto del memorial-relato-confesión de Ángela se mueve desde el principio entre la realidad y el símbolo; que su decir no es un «comunicar algo sino, más bien, un decir creador que se llama poesía»[52]. Criatura, a fin de cuentas, de Unamuno, se ha contagiado de su ambigüedad habitual. Y comprendemos también mejor el que en su narración prescinda de detalles descriptivos y facilite sólo unos puntos de apoyo para que el lector, sin ataduras de referentes realistas, construya su propio mundo simbólico: digámoslo sin rodeos, su propia novela. En esa línea carece de sentido preguntarse si escenas como la de la muerte de Don Manuel —tan teatral y preparada, tendríamos que decir desde una posición realista— es realmente verosímil; lo único que importa es que tenga verosimilitud en la ficción, y no cabe duda de que ahí, en el contexto de un relato sugerente, la tiene.

Una innecesaria coda unamuniana: el epílogo (págs. 146-148)

No hace falta, a mi juicio, que Unamuno, ya al final, nos explique que la novela puede ser historia o esta historia novela aunque «en ella no pasa nada». No pasa

---

[52] Francisco Fernández Turienzo, introducción a su edición de *San Manuel Bueno, mártir*, Salamanca, Almar, 1978, pág. 30.

nada, pensamos nosotros al concluir nuestro análisis, porque estamos ante una novela abierta. Y la consideramos tragedia, a pesar de que «no pasa nada» y de que está abierta, pensando en que se trata de una tragedia cotidiana, que se desarrolla en niveles generales de conciencia, reflejados aquí por unos personajes meramente simbólicos.

Aparte de remachar, como ya he indicado, la idea de Angelita, según la cual el pueblo no hubiera entendido el secreto en caso de serle revelado [53], don Miguel no se resigna a dejar a su Don Manuel Bueno indefenso ante cualquier hipotético juicio. Y así, apoyándose en la comparación avanzada en el cuerpo de la novela —Moisés/Don Manuel; Josué/Lázaro—, recuerda cómo, según la epístola de San Judas, en la disputa entre San Miguel y el Diablo sobre el cuerpo del dubitante Moisés, Dios no permitió que Satanás «se lo llevase en juicio de maldición». Esto es, Dios, en definitiva, ampara a las víctimas de la tragedia. Pero esto cae fuera de la novela.

VÍCTOR GARCÍA DE LA CONCHA
Universidad de Salamanca, 1997

---

[53]   El argumento utilizado por ambos, de que el pueblo no entiende ni atiende a las palabras sino a las cosas (págs. 143 y 146), empalma con la presentación de Don Manuel: «¡Qué cosas nos decía! Eran cosas, no palabras» (pág. 97).

BIBLIOGRAFÍA

REPERTORIOS BIBLIOGRÁFICOS

FERNÁNDEZ PELAYO, H.: *Bibliografía crítica de Miguel de Unamuno,* Madrid, Porrúa, 1976.
Para los años posteriores, véanse las correspondientes secciones de los *Cuadernos de la Cátedra Miguel de Unamuno.*

BIOGRAFÍA

SALCEDO, Emilio: *Vida de D. Miguel,* Salamanca, Anaya, 1970.

ESTUDIOS GENERALES SOBRE EL PENSAMIENTO UNAMUNIANO

MARÍAS, Julián: *Miguel de Unamuno,* Madrid, Espasa Calpe, Colección Austral [1943], 1980 [2].
FERRATER MORA, José: *Unamuno. Bosquejo de una filosofía,* Buenos Aires, Losada, 1944.
CIRARDA, José María: *El modernismo en el pensamiento religioso de Miguel de Unamuno,* Vitoria, Publicaciones del Seminario, 1948

SÁNCHEZ BARBUDO, Antonio: *Estudios sobre Unamuno y Machado,* Madrid, Guadarrama, 1959.

BLANCO AGUINAGA, Carlos: *El Unamuno contemplativo,* México, Colegio de México, 1959.

ZUBIZARRETA, Armando F.: *Tras las huellas de Unamuno,* Madrid, Taurus, 1960.

COLLADO MILLÁN, Jesús Antonio: *Kierkegaard y Unamuno. La existencia religiosa,* Madrid, Gredos, 1962.

SERRANO PONCELA, Segundo: *El pensamiento de Unamuno,* México, Fondo de Cultura Económica, 1964.

VALDÉS, MARIO J.: *Death in the Literature of Unamuno,* Urbana, University of Illinois Press, 1964.

FERNÁNDEZ TURIENZO, Francisco: *Unamuno, ansia de Dios y creación literaria,* Madrid, Alcalá, 1966.

SCHÜRR, Friedrich: «El tema del suicidio en la obra de Unamuno», en *Studia Philologica in honorem D. Alonso,* Madrid, Gredos, 1968, vol. III, págs. 411-417.

REGALADO GARCÍA, Antonio: *El siervo y el señor. La dialéctica agónica de Miguel de Unamuno,* Madrid, Gredos, 1968.

TURNER, David G.: *Unamuno's webs of fatality,* Londres, Támesis, 1974.

MARTÍNEZ BARRERA, José María: *Miguel de Unamuno y el protestantismo liberal alemán,* Caracas, 1982.

NOZICK, M.: *The agony of belief,* New Jersey, Princeton University Press, 1982.

ORRINGER, Nelson A.: *Unamuno y los protestantes liberales,* Madrid, Gredos, 1985.

RIBBANS, Geoffrey: «Dialéctica de lucha y ambigüedad en la novelística unamuniana», en *Actas del Congreso Internacional del Cincuentenario de Miguel de Unamuno,* Salamanca, Universidad, 1989.

CEREZO GALÁN, Pedro: *Las máscaras de lo trágico. Filosofía y tragedia en Miguel de Unamuno,* Madrid, Trotta, 1996.

PENSAMIENTO SOCIAL Y POLÍTICO

PÉREZ DE LA DEHESA, Rafael: *Política y sociedad en el primer Unamuno,* Madrid, Ciencia Nueva, 1966.

DÍAZ, Elías: *Revisión de Unamuno. Análisis crítico de su pensamiento político,* Madrid, Tecnos, 1968.

GÓMEZ MOLLEDA, María Dolores: *Unamuno, «agitador de espíritus», y Giner de los Ríos. Correspondencia,* Salamanca, Universidad, 1976.

—: *Unamuno socialista: páginas inéditas de D. Miguel,* Madrid, Narcea, 1978.

IDEAS LINGÜÍSTICAS

BLANCO AGUINAGA, Carlos: *Unamuno, teórico del lenguaje,* México, Colegio de México, 1954.

HUARTE MORTON, Fernando: «El ideario lingüístico de Miguel de Unamuno», *Cuadernos de la Cátedra Miguel de Unamuno,* 5 (1954), págs. 5-183.

LAÍN, Milagro: *La palabra de Unamuno,* Caracas, Universidad Central de Venezuela, 1964.

JIMÉNEZ-HERNÁNDEZ, Adolfo: *Unamuno y la filosofía del lenguaje,* Río Piedras, Universidad de Puerto Rico, 1973.

SOBRE LA NOVELA UNAMUNIANA

ZUBIZARRETA, Armando F.: *Unamuno en su mirada,* Madrid, Taurus, 1960.

AYALA, Francisco: «El arte de novelar en Unamuno», *La Torre,* 9 (1961), págs. 329-359. Recogido en el volumen *La Novela: Galdós y Unamuno,* Barcelona, Seix Barral, 1974.

GULLÓN, Ricardo: *Autobiografías de Unamuno,* Madrid, Gredos, 1964.

BATCHELOR, Ronald E.: *Unamuno Novelist. An European Perspective,* Oxford, The Dolphin Book, 1972.

FOSTER, David W.: *Unamuno and the Novel as Expressionistic Conceit,* San Juan de Puerto Rico, Inter American University Press, 1973.

BASDEKIS, Demetrios: *Unamuno and the Novel,* Chapel Hill, 1974.

DÍEZ, Ricardo: *El desarrollo estético de la novela de Unamuno,* Madrid, Playor, 1976.

MORÓN ARROYO, Ciriaco: «Las ideas estéticas de Unamuno», *Letras de Deusto,* 14 (julio-diciembre de 1977), págs. 5-22.

CRIADO MIGUEL, Isabel: *Las novelas de Unamuno,* Salamanca, Universidad, 1987.

SCHÜRR, Friedrich: «El tema del suicidio en la obra de Unamuno», *Studia Philologica,* III, págs. 411-417.

SOBRE «SAN MANUEL BUENO, MÁRTIR»

1. *Edición crítica*

VALDÉS, Mario J., y VALDÉS, María Elena de: *Comparative and critical edition of «San Manuel Bueno, mártir»,* Valencia, Estudios de Hispanófila, 1973.

2. *Estudios*

DÍAZ PETERSON, Rosendo: «Leyendo *San Manuel Bueno, mártir.* La montaña que se convierte en lago», *Cuadernos Hispanoamericanos,* 289-290 (1954), págs. 383-391.

BLANCO AGUINAGA, Carlos: «Sobre la complejidad de *San*

Manuel Bueno, mártir, novela», *Nueva Revista de Filología Hispánica,* 15 (1961), págs. 569-588. Recogido en Antonio Sánchez Barbudo (ed.), *Miguel de Unamuno,* Madrid, Taurus, 1974, pág. 275 y sigs.

FALCONIERI, John V.: «The Sources of Unamuno's *San Manuel Bueno, mártir*», *Romance Notes,* 5 (1963), págs. 18-22.

AGUILERA, César: «Fe religiosa y su problemática en *San Manuel Bueno, mártir,* de Unamuno», *Boletín de la Biblioteca de Menéndez Pelayo,* 40 (1964), págs. 205-307.

FALCONIERI, John V.: «*San Manuel Bueno, mártir.* Spiritual Autobiography. A Study in Imagery», *Symposium,* 2 (1964), págs. 128-141.

MORÓN ARROYO, Ciriaco: «*San Manuel Bueno, mártir* y el "sistema" de Unamuno», *Hispanic Review,* 32 (1964), páginas 227-246.

ZAVALA, Iris M.: «*San Manuel Bueno, mártir* y la crisis de 1897», en *La angustia y la búsqueda del hombre en la literatura,* México, Universidad Veracruzana, 1965, páginas 156-177.

FERNÁNDEZ PELAYO, H.: *El problema de la personalidad en Unamuno y en «San Manuel Bueno, mártir»,* Madrid, Mayfe, 1966.

RODRÍGUEZ ALCALÁ, Hugo: «El escenario de *San Manuel Bueno, mártir* como *incantatio poetica*», en Germán Bleiberg y E. Inman Fox (eds.), *Pensamiento y letras en la España del siglo XX,* Nashville, 1966, págs. 407-428.

RODRÍGUEZ, A., y ROSENTHAL, W. M.: «Una nota al *San Manuel Bueno, mártir*», *Hispanic Review,* 34 (1966), págs. 338-341.

FERNÁNDEZ Y GONZÁLEZ, Ángel Raimundo: *Estructura autobiográfica en «San Manuel Bueno, mártir»,* Palma de Mallorca, Universidad, 1968.

LUPPOLI, Santiago: «*Il Santo* de Fogazzaro y *San Manuel*

Bueno de Unamuno», *Cuadernos de la Cátedra Miguel de Unamuno,* 18 (1968), págs. 49-70.

LATHROP, Thomas A.: «Greec Origin Names in *San Manuel Bueno, mártir», Romance Notes,* 11 (1970), págs. 505 y 506.

SHERGOLD, N. D.: «Unamuno's Novelistic Techniques in *San Manuel Bueno, mártir», Studies in Modern Spanish Literature and Art,* Londres, 1972, págs. 163-180.

WYERS, F.: *Miguel de Unamuno. The contrary self,* Londres, Tamesis Books, 1976.

GULLÓN, Ricardo: «Relectura de *San Manuel Bueno, mártir», Letras de Deusto,* 7 (1977), págs. 43-51.

FERNÁNDEZ TURIENZO, Francisco: «San Manuel Bueno, el hombre que buscaba su realidad», *Revista de Literatura,* 43 (1981), págs. 91-110.

BLANCO AGUINAGA, Carlos: «Relectura de *San Manuel Bueno, mártir»,* en *Homenaje a Antonio Sánchez Barbudo,* Madison, Universidad de Wisconsin, 1981, páginas 109-115.

LONGHURST, C. A.: «The Problem of Truth in *San Manuel Bueno, mártir», The Modern Language Review,* 76 (1981), págs. 581-597.

GARCÍA DE LA CONCHA, Víctor: «Estructuras de *San Manuel Bueno, mártir»,* en *Homenaje a Emilio Alarcos Llorach,* Oviedo, Universidad, vol. V, 1983, págs. 225-255.

JURKEVICH, G.: *The elusive self,* Columbia, University of Missouri, 1984.

ORRINGER, Nelson R.: «Saintliness and its Unstudied Sources in *San Manuel Bueno, mártir»,* en *Studies in Honor of Sumner M. Greenfield,* Nebraska, Society of Spanish an Spanish-American Studies, 1985, págs. 173-185.

SUMMERHILL, Stephen: *«San Manuel Bueno, mártir* and the Reader», *Anales de Literatura Española Contemporánea,* 10 (1985), págs. 61-79.

GORDON, M.: «The alusive self: Narrative Method and its Implications in *San Manuel Bueno, mártir*», *Hispanic Review*, 54 (1986), págs. 147-161.

NEPAULSINGH, Colbert I.: «In Search of Tradition, not a Source for *San Manuel Bueno, mártir*», *Revista Canadiense de Estudios Hispánicos*, 11 (1987), págs. 315-330.

PENNINGTON, Eric: «Reading, Writing and Deconstructing in *San Manuel Bueno, mártir*», *Letras Peninsulares*, 4 (1991), págs. 401-421.

SAN MANUEL BUENO, MÁRTIR

NOTA DE EDICIÓN

Sigue esta edición el texto de la realizada por esta misma editorial Espasa Calpe en 1933 bajo la supervisión de don Miguel de Unamuno.

La he cotejado, sin embargo, puntualmente con el autógrafo que se conserva en la «Casa-Museo Unamuno» de la Universidad de Salamanca para corregir errores tipográficos y aclarar lugares dudosos.

Incorporo, también, siguiendo el manuscrito, las rayas de separación que don Miguel introduce en el relato continuo de Ángela Carballino.

V. G. DE LA C.

PRÓLOGO

En *La Nación,* de Buenos Aires, y algo más tarde en *El Sol,* de Madrid, número del 3 de diciembre de 1931 [...], Gregorio Marañón publicó un artículo sobre mi SAN MANUEL BUENO, MÁRTIR, asegurando que ella, esta novelita, publicada en *La Novela de Hoy,* número 461 y último de la publicación, correspondiente al día 13 de marzo de 1931 —estos detalles los doy para la insaciable casta de los bibliógrafos—, ha de ser una de mis obras más leídas y gustadas en adelante como una de las más características de mi producción toda novelesca. Y quien dice novelesca —agrego yo—, dice filosófica y teológica. Y así como él piensa yo, que tengo la conciencia de haber puesto en ella todo mi sentimiento trágico de la vida cotidiana.

Luego hacía Marañón unas brevísimas consideraciones sobre la desnudez de la parte puramente material en mis relatos. Y es que creo que dando el espíritu de la carne, del hueso, de la roca, del agua, de la nube, de todo lo demás visible, se da la verdadera e íntima realidad, dejándole al lector que la revista en su fantasía.

Es la ventaja que lleva el teatro. Como mi novela *Nada menos que todo un hombre,* escenificada luego por Julio de Hoyos bajo el título de *Todo un hombre,* la escribí ya en vista del tablado teatral, me ahorré todas aquellas descripciones del físico de los personajes, de los aposentos y de los paisajes, que deben quedar al cuidado de actores, escenógrafos y tramoyistas. Lo que no quiere decir, ¡claro está!, que los personajes de la novela o del drama escrito no sean tan de carne y hueso como los actores mismos, y que el ámbito de su acción no sea tan natural y tan concreto y tan real como la decoración de un escenario.

Escenario hay en SAN MANUEL BUENO, MÁRTIR, sugerido por el maravilloso y tan sugestivo lago de San Martín de Castañeda, en Sanabria, al pie de las ruinas de un convento de Bernardos y donde vive la leyenda de una ciudad, Valverde de Lucerna, que yace en el fondo de las aguas del lago. Y voy a estampar aquí dos poesías que escribí a raíz de haber visitado por primera vez ese lago el día primero de junio de 1930. La primera dice:

> San Martín de Castañeda,
> espejo de soledades,
> el lago recoge edades
> de antes del hombre y se queda
> soñando en la santa calma
> del cielo de las alturas
> en que se sume en honduras
> de anegarse, ¡pobre!, el alma...
> Men Rodríguez, aguilucho
> de Sanabria, el ala rota,
> ya el cotarro no alborota
> para cobrarse el conducho.
> Campanario sumergido

de Valverde de Lucerna,
toque de agonía eterna
bajo el caudal del olvido.
La historia paró, al sendero
de San Bernardo la vida
retorna, y todo se olvida
lo que no fuera primero.

Y la segunda, ya de rima más artificiosa, decía y dice así:

¡Ay, Valverde de Lucerna,
hez del lago de Sanabria!,
no hay leyenda que dé cabria
de sacarte a luz moderna.
Se queja en vano tu bronce
en la noche de San Juan,
tus hornos dieron su pan,
la historia se está en su gonce.
Servir de pasto a las truchas
es, aun muerto, amargo trago;
se muere Riba de Lago,
orilla de nuestras luchas.

En efecto, la trágica y miserabilísima aldea de Riba de Lago, a la orilla del de San Martín de Castañeda, agoniza y cabe decir que se está muriendo. Es de una desolación tan grande como la de las alquerías, ya famosas, de las Hurdes. En aquellos pobrísimos tugurios, casuchas de armazón de madera recubierto de adobes y barro, se hacina un pueblo al que ni le es permitido pescar las ricas truchas en que abunda el lago y sobre las que una supuesta señora creía haber heredado el monopolio que tenían los monjes Bernardos de San Martín de Castañeda.

Esta otra aldea, la de San Martín de Castañeda, con las ruinas del humilde monasterio, agoniza también junto al lago, algo elevada sobre su orilla. Pero ni Riba de Lago, ni San Martín de Castañeda, ni Galende, el otro pobladillo más cercano al Lago de Sanabria —este otro mejor acomodado—, ninguno de los tres puede ser ni fue el modelo de mi Valverde de Lucerna. El escenario de la obra de mi Don Manuel Bueno y de Angelina y Lázaro Carballino supone un desarrollo mayor de vida pública, por pobre y humilde que ésta sea, que la vida de esas pobrísimas y humildísimas aldeas. Lo que no quiere decir, ¡claro está!, que yo suponga que en éstas no haya habido y aún haya vidas individuales muy íntimas e intensas, ni tragedias de conciencia.

Y en cuanto al fondo de la tragedia de los tres protagonistas de mi novelita, no creo poder ni deber agregar nada al relato mismo de ella. Ni siquiera he querido añadirle algo que recordé después de haberlo compuesto —y casi de un solo tirón—, y es que al preguntarle en París una dama acongojada de escrúpulos religiosos a un famoso y muy agudo abate si creía en el infierno y responderle éste: «Señora, soy sacerdote de la Santa Iglesia Católica Apostólica Romana, y usted sabe que en ésta la existencia del infierno es verdad dogmática o de fe», la dama insistió en: «Pero usted, monseñor, ¿cree en ello?», y el abate, por fin: «¿Pero por qué se preocupa usted tanto, señora, de si hay o no infierno, si no hay nadie en él...?» No sabemos que la dama le añadiera esta otra pregunta: «Y en el cielo, ¿hay alguien?»

Y ahora, tratando de narrar la oscura y dolorosa congoja cotidiana que atormenta al espíritu de la carne y al espíritu del hueso de hombres y mujeres de carne y hueso espirituales, ¿iba a entretenerme en la tan hacedera tarea de describir revestimientos pasajeros y de puro viso? Aquí lo de Francisco Manuel de Melo en su *Historia de los movimientos, separación y guerra de Cataluña en tiempo de Felipe IV, y política militar,* donde dice: «He deseado mostrar sus ánimos, no los vestidos de seda, lana y pieles, sobre que tanto se desveló un historiador grande de estos años, estimado en el mundo». Y el colosal Tucídides, dechado de historiadores, desdeñando esos realismos, aseguraba haber querido escribir «una cosa para siempre, más que una pieza de certamen que se oiga de momento». ¡Para siempre!

[..]

Pero voy más lejos aún, y es que no tan sólo importan poco para una novela, para una verdadera novela, para la tragedia o la comedia de unas almas, las fisonomías, el vestuario, los gestos materiales, el ámbito material, sino que tampoco importa mucho lo que suele llamarse el argumento de ella.

[..]

[...] Poniéndome a pensar, claro que a redromano o *a posteriori,* en ello, he creído darme cuenta de que [...] a Don Manuel Bueno [...] lo que le atosigaba era el pavoroso problema de la personalidad, si uno es lo que es y seguirá siendo lo que es.

Claro está que no obedece a un estado de ánimo especial en que me hallara al escribir, en poco más de dos meses [esta novela junto a la novela de *Don San-*

dalio, jugador de ajedrez y *Un pobre hombre rico o el sentimiento cómico de la vida],* sino que es un estado de ánimo general en que me encuentro, puedo decir que desde que empecé a escribir. Ese problema, esa congoja, mejor, de la conciencia de la propia personalidad —congoja unas veces trágica y otras cómica— es el que me ha inspirado para casi todos mis personajes de ficción. Don Manuel Bueno busca, al ir a morirse, fundir —o sea salvar— su personalidad en la de su pueblo [...].

¿Y no es, en el fondo, este congojoso y glorioso problema de la personalidad el que guía en su empresa a Don Quijote, el que dijo lo de «¡yo sé quién soy!» y quiso salvarla en aras de la fama imperecedera? ¿Y no es un problema de personalidad el que acongojó al príncipe Segismundo, haciéndole soñarse príncipe en el sueño de la vida?

Precisamente ahora, cuando estoy componiendo este prólogo, he acabado de leer la obra *O lo uno o lo otro (Enten-Eller)* de mi favorito Sören Kierkegaard, obra cuya lectura dejé interrumpida hace unos años —antes de mi destierro—, y en la sección de ella que se titula «Equilibrio entre lo estético y lo ético en el desarrollo de la personalidad» me he encontrado con un pasaje que me ha herido vivamente y que viene como estrobo al tolete para sujetar el remo —aquí pluma— con que estoy remando en este escrito. Dice así el pasaje:

Sería la más completa burla al mundo si el que habría expuesto la más profunda verdad no hubiera sido un soñador, sino un dudador. Y no es impensable que nadie pueda exponer la verdad positiva tan excelente-

mente como un dudador; sólo que éste no la cree. Si fuera un impostor, su burla sería suya; pero si fuera un dudador que deseara creer lo que expusiese, su burla sería ya enteramente objetiva; la existencia se burlaría por medio de él; expondría una doctrina que podría esclarecerlo todo, en que podría descansar todo el mundo; pero esa doctrina no podría aclarar nada a su propio autor. Si un hombre fuera precisamente tan avisado que pudiese ocultar que estaba loco, podría volver loco al mundo entero.

Y no quiero aquí comentar ya más ni el martirio de Don Quijote ni el de Don Manuel Bueno, martirios quijotescos los dos.

Y adiós, lector, y hasta más encontrarnos, y quiera Él que te encuentres a ti mismo.

Madrid, 1932.

SAN MANUEL BUENO, MÁRTIR

> Si sólo en esta vida esperamos en
> Cristo, somos los más miserables de los
> hombres todos.

(SAN PABLO, I Corintios 15, 19) [1]

---

[1] En el manuscrito se advierte que don Miguel había elegido
primero otro epígrafe, «Lloró Jesús *(Juan* 11, 35)», referente al
llanto ante la tumba de Lázaro. Lo cambia por este otro texto en el
que San Pablo dice que si la fe en Cristo afectara sólo a esta vida y
no a la otra, la condición de cristiano sería la más miserable. Casi
al final de la novela, Lázaro contará a su hermana que Don Manuel
pensaba que San Pablo «había muerto sin creer en la otra vida».
Véase sobre ello la nota 56.

Ahora que el obispo de la diócesis de Renada, a la que pertenece esta mi querida aldea de Valverde de Lucerna[2], anda, a lo que se dice, promoviendo el proceso para la beatificación de nuestro Don Manuel, o, mejor, San Manuel Bueno, que fue en ésta párroco, quiero dejar aquí consignado, a modo de confesión y sólo Dios sabe, que no yo, con qué destino, todo lo que sé y recuerdo de aquel varón matriarcal[3] que llenó toda la más entrañada vida de mi alma, que fue mi verdadero padre espiritual, el padre de mi espíritu[4], del mío, el de Ángela Carballino.

---

[2] Recuérdense el paralelismo, señalado en la introducción, con el Valsolda di Lugano en *Il Santo,* de Fogazzaro, así como la doble tradición épica y popular ya explicadas.

[3] Educado en un régimen familiar de matriarcado, don Miguel simbolizaba en lo femenino los valores superiores: la inteligencia, la finura, la palabra, la *matria...* Esta expresión «varón matriarcal» conjuga el doble significado de contradicción, «varón-madre», y de armonía en la superación creadora de las tensiones (véase Ciriaco Morón Arroyo, «*San Manuel Bueno, mártir* y el "sistema" de Unamuno», *Hispanic Review,* 32 (1964), pág. 234 y sigs.

[4] Rebasando ampliamente el significado convencional «padre espiritual-director espiritual», Ángela considera a Don Manuel el padre de su espíritu sobre la base de la oposición entre carne y es-

Al otro, a mi padre carnal y temporal, apenas si le conocí, pues se me murió siendo yo muy niña. Sé que había llegado de forastero a nuestra Valverde de Lucerna, que aquí arraigó al casarse aquí con mi madre. Trajo consigo unos cuantos libros[5], el *Quijote,* obras de teatro clásico, algunas novelas, historias, el *Bertoldo,* todo revuelto, y de esos libros, los únicos casi que había en toda la aldea, devoré yo ensueños siendo niña[6]. Mi buena madre apenas si me contaba hechos o dichos de mi padre. Los de Don Manuel, a quien, como todo el mundo, adoraba, de quien estaba enamorada —claro que castísimamente—, le habían borrado el recuerdo de los de su marido. A quien encomendaba a Dios, y fervorosamente, cada día al rezar el rosario.

De nuestro Don Manuel me acuerdo como si fuese de cosa de ayer, siendo yo niña, a mis diez años, antes

---

píritu. Para don Miguel, «carne» es la persona de carne y hueso, la que, según él, «nace, sufre y muere —sobre todo, muere—», mientras que «espíritu» es la realización de esa misma persona y su presencia viva, aun después de muerto (Morón Arroyo, art. cit., págs. 235-239).

[5]   Unamuno traspone aquí, sin duda, el recuerdo de su propio padre, muerto cuando él era niño y que había vuelto de América con «unos cuantos libros». De los aquí citados, el *Bertoldo* debe de ser el muy popularizado poema jocoso *Bertoldo, Bertoldino y Cacaseno.*

[6]   Al fondo de esa devoradora infantil de ensueños en la lectura se adivina el recuerdo de Santa Teresa, que, de niña, según cuenta en el *Libro de la Vida,* consumió muchas horas en la lectura de libros de caballería. El recuerdo retorna más abajo (véase nota 10) y, cuando Ángela descubra a Don Manuel sus dudas, éste la pondrá en guardia contra la excesiva lectura: «No te des demasiado a ella, ni siquiera a Santa Teresa. Y si quieres distraerte, lee el *Bertoldo...*».

de que me llevaran al Colegio de Religiosas de la ciudad catedralicia de Renada. Tendría él, nuestro santo,
entonces unos treinta y siete años. Era alto, delgado,
erguido, llevaba la cabeza como nuestra Peña del Buitre[7] lleva su cresta y había en sus ojos toda la hondura
azul de nuestro lago. Se llevaba las miradas de todos, y
tras ellas, los corazones, y él al mirarnos parecía, traspasando la carne como un cristal, mirarnos al corazón.
Todos le queríamos, pero sobre todo los niños. ¡Qué
cosas nos decía! Eran cosas, no palabras[8]. Empezaba
el pueblo a olerle la santidad; se sentía lleno y embriagado de su aroma.

Entonces fue cuando mi hermano Lázaro, que estaba en América, de donde nos mandaba regularmente
dinero con que vivíamos en decorosa holgura, hizo que
mi madre me mandase al Colegio de Religiosas, a que se
completara fuera de la aldea mi educación, y esto aunque a él, a Lázaro, no le hiciesen mucha gracia las
monjas. «Pero como ahí —nos escribía— no hay hasta
ahora, que yo sepa, colegios laicos y progresivos, y
menos para señoritas, hay que atenerse a lo que haya.
Lo importante es que Angelita se pula y que no siga
entre esas zafias aldeanas.» Y entré en el Colegio, pen-

---

[7]   Al norte de San Martín de Castañeda hay un peñasco que,
visto desde determinada posición, guarda una cierta semejanza con
la figura de un pájaro. En la introducción queda explicado el significado simbólico de esa peña en la novela.

[8]   A lo largo de su «Diario poético», el *Cancionero* (1928-
1936), desarrolla Unamuno toda una teoría de la palabra, insistiendo en la relación «palabra-acción», «palabra-cosa». Véanse,
por ejemplo, los números 331, 394, 1044, 1131 y 1522.

sando en un principio hacerme en él maestra, pero luego se me atragantó la pedagogía.

———————

En el Colegio conocí a niñas de la ciudad e intimé con algunas de ellas. Pero seguía atenta a las cosas y a las gentes de nuestra aldea, de la que recibía frecuentes noticias y tal vez[9] alguna visita. Y hasta al Colegio llegaba la fama de nuestro párroco, de quien empezaba a hablarse en la ciudad episcopal. Las monjas no hacían sino interrogarme respecto a él.

Desde muy niña alimenté, no sé bien cómo, curiosidades, preocupaciones e inquietudes, debidas, en parte al menos, a aquel revoltijo de libros de mi padre, y todo ello se me medró en el Colegio, en el trato, sobre todo con una compañera que se me aficionó desmedidamente y que unas veces me proponía que entrásemos juntas a la vez en un mismo convento, jurándonos, y hasta firmando el juramento con nuestra sangre, hermandad perpetua, y otras veces me hablaba, con los ojos semicerrados, de novios y de aventuras matrimoniales[10]. Por cierto que no he vuelto a saber de ella ni de su suerte. Y eso que cuando se hablaba de nuestro Don Manuel, o cuando mi madre me decía algo de él en sus cartas —y era en casi todas—, que yo leía a mi amiga, ésta excla-

———————

[9]   *Tal vez:* alguna vez. De hecho, don Miguel había escrito *alguna,* que, por evitar la repetición, tacha.

[10]   Nuevo recuerdo teresiano de fondo: en el capítulo II del *Libro de la Vida* habla Teresa de Jesús de su amistad con una adolescente parienta «de livianos tratos», la cual —dice— «me ayudava a todas las cosas de pasatiempo que yo quería y aún me ponía en ellas y dava parte de sus conversaciones y vanidades».

maba como en arrobo: «¡Qué suerte, chica, la de poder vivir cerca de un santo así, de un santo vivo, de carne y hueso, y poder besarle la mano! Cuando vuelvas a tu pueblo, escríbeme mucho, mucho y cuéntame de él».

Pasé en el Colegio unos cinco años, que ahora se me pierden como un sueño de madrugada en la lejanía del recuerdo, y a los quince volvía a mi Valverde de Lucerna. Ya toda ella era Don Manuel; Don Manuel con el lago y con la montaña. Llegué ansiosa de conocerle, de ponerme bajo su protección, de que él me marcara el sendero de mi vida.

Decíase que había entrado en el Seminario para hacerse cura, con el fin de atender a los hijos de una su hermana recién viuda, de servirles de padre; que en el Seminario se había distinguido por su agudeza mental y su talento y que había rechazado ofertas de brillante carrera eclesiástica porque él no quería ser sino de su Valverde de Lucerna, de su aldea perdida como un broche entre el lago y la montaña que se mira en él.

¡Y cómo quería a los suyos! Su vida era arreglar matrimonios desavenidos, reducir a sus padres hijos indómitos o reducir los padres a sus hijos, y sobre todo consolar a los amargados y atediados, y ayudar a todos a bien morir.

Me acuerdo, entre otras cosas, de que al volver de la ciudad la desgraciada hija de la tía Rabona, que se había perdido [11] y volvió, soltera y desahuciada, trayendo

---

[11] *Se había perdido:* en el sentido figurado que registra el *DRAE*, «padecer un daño o ruina espiritual [...] y especialmente quedar sin honra una mujer».

un hijito consigo, Don Manuel no paró hasta que hizo que se casase con ella su antiguo novio, Perote, y reconociese como suya a la criaturita, diciéndole:

—Mira, da padre a este pobre crío que no le tiene más que en el cielo.

—¡Pero, Don Manuel, si no es mía la culpa...!

—¡Quién lo sabe, hijo, quién lo sabe...!, y, sobre todo, no se trata de culpa.

Y hoy el pobre Perote, inválido, paralítico, tiene como báculo y consuelo de su vida al hijo aquel que, contagiado de la santidad de Don Manuel, reconoció por suyo no siéndolo.

En la noche de San Juan, la más breve del año, solían y suelen acudir a nuestro lago todas las pobres mujerucas, y no pocos hombrecillos, que se creen poseídos, endemoniados, y que parece no son sino histéricos y a las veces epilépticos, y Don Manuel emprendió la tarea de hacer él de lago, de piscina probática[12], y tratar de aliviarles y si era posible de curarles. Y era tal la acción de su presencia, de sus miradas, y tal sobre todo la dulcísima autoridad de sus palabras y sobre todo de su voz —¡qué milagro de voz!—, que consiguió cura-

---

[12]   El Evangelio de *Juan* (5, 1-18) recoge el episodio en el que Jesús sanó milagrosamente al paralítico que estaba junto a la piscina probática de Bethesda en Jerusalén. En sus pórticos «yacía gran muchedumbre de enfermos, ciegos, cojos, impedidos que aguardaban la agitación del agua; porque, de tiempo en tiempo, un ángel del Señor bajaba a la piscina y removía el agua, y el primero que entraba en ella quedaba sanado de cualquier enfermedad que le aquejase».

ciones sorprendentes. Con lo que creció su fama, que atraía a nuestro lago y a él a todos los enfermos del contorno. Y alguna vez llegó una madre pidiéndole que hiciese un milagro en su hijo [13], a lo que contestó sonriendo tristemente:

—No tengo licencia del señor obispo para hacer milagros.

Le preocupaba, sobre todo, que anduviesen todos limpios [14]. Si alguno llevaba un roto en su vestidura, le decía: «Anda a ver al sacristán, y que te remiende eso». El sacristán era sastre. Y cuando el día primero de año iban a felicitarle por ser el de su santo —su santo patrono era el mismo Jesús Nuestro Señor—, quería Don Manuel que todos se le presentasen con camisa nueva, y al que no la tenía se la regalaba él mismo.

Por todos mostraba el mismo afecto, y si a algunos distinguía más con él era a los más desgraciados y a

---

[13]   Unamuno había escrito primero: «Y alguna vez llegaron algunos pidiéndole milagro»; la concreción de petición en «una madre», además de conferir a la escena mayor fuerza, arrastra la connotación de las escenas evangélicas en que el dolor de una madre conmueve a Jesús que realiza el milagro —resurrección del hijo de la viuda de Naim *(Lucas* 7, 11-15)— o en que su propia madre le pide que con un milagro salve del apuro a los novios de la boda de Caná *(Juan* 2, 3-4).

[14]   En *La tía Tula* (cap. XX) pone don Miguel en boca de uno de los personajes esta afirmación: «Y es a lo que nos manda Dios a este mundo, a alegrar a los demás... Nada alegra más que un rayo de sol... El rayo de sol alegra porque está limpio; todo lo limpio alegra». Ciriaco Morón, en el artículo antes citado, pone en relación estas frases, y el concreto pasaje de *San Manuel* con la temprana teoría unamuniana de que «la limpieza de corazón es la veracidad y la verdad es Dios».

los que aparecían como más díscolos. Y como hubiera en el pueblo un pobre idiota de nacimiento, Blasillo el bobo [15], a éste es a quien más acariciaba y hasta llegó a enseñarle cosas que parecía milagro que las hubiese podido aprender. Y es que el pequeño rescoldo de inteligencia que aún quedaba en el bobo se le encendía en imitar, como un pobre mono, a su Don Manuel.

Su maravilla era la voz, una voz divina, que hacía llorar. Cuando al oficiar en misa mayor o solemne entonaba el prefacio, estremecíase la iglesia y todos los que le oían sentíanse conmovidos en sus entrañas. Su canto, saliendo del templo, iba a quedarse dormido sobre el lago y al pie de la montaña. Y cuando en el sermón de Viernes Santo clamaba aquello de: «¡Dios mío, Dios mío!, ¿por qué me has abandonado?» [16], pasaba por el pueblo todo un temblor hondo como por sobre las aguas del lago en días de cierzo de hostigo. Y era como si oyesen a Nuestro Señor Jesucristo mismo, como si la voz brotara de aquel viejo crucifijo a cuyos pies tantas generaciones de madres habían depositado sus congojas. Como que una vez, al oírlo su madre, la de Don Manuel, no pudo contenerse, y desde el suelo del

---

[15]   En el manuscrito aparece aquí tachada esta frase: *aún vive y no hace sino llorar a Don Manuel.*

[16]   «Y hacia la hora nona clamó Jesús con gran voz diciendo: "Dios mío, Dios mío, ¿por qué me has abandonado?"» (*Mateo* 27, 26). Los comentaristas bíblicos interpretan que Jesús se dirige al Padre con esa expresión del Salmo 21, que probablemente estaba recitando, para manifestar la desolación y el desamparo que en cuanto hombre sentía. Yendo más allá, Unamuno piensa que Cristo experimentaba en ese momento toda la condensación del sentimiento trágico de la vida, la incertidumbre del más allá.

templo, en que se sentaba, gritó: «¡Hijo mío!» [17]. Y fue un chaparrón de lágrimas entre todos. Creeríase que el grito maternal había brotado de la boca entreabierta de aquella Dolorosa —el corazón traspasado por siete espadas— que había en una de las capillas del templo. Luego Blasillo el tonto iba repitiendo en tono patético por las callejas, y como en eco, el «¡Dios mío, Dios mío!, ¿por qué me has abandonado?», y de tal manera que al oírselo se les saltaban a todos las lágrimas, con gran regocijo del bobo por su triunfo imitativo.

Su acción sobre las gentes era tal que nadie se atrevía a mentir ante él, y todos, sin tener que ir al confesonario, se le confesaban. A tal punto que como hubiese una vez ocurrido un repugnante crimen en una aldea próxima, el juez, un insensato que conocía mal a Don Manuel, le llamó y le dijo:

—A ver si usted, Don Manuel, consigue que este bandido declare la verdad.

—¿Para que luego pueda castigársele? —replicó el santo varón—. No, señor juez, no; yo no saco a nadie una verdad que le lleve acaso a la muerte. Allá entre él y Dios... La justicia humana no me concierne. «No juzguéis para no ser juzgados», dijo Nuestro Señor [18].

—Pero es que yo, señor cura...

—Comprendido; dé usted, señor juez, al César lo que es del César, que yo daré a Dios lo que es de Dios [19].

---

[17] En el *Diario íntimo* cuenta don Miguel que su esposa Concha le dijo estas mismas palabras, «¡Hijo mío!», al verle sufrir angustiado en la crisis de 1897.

[18] *Lucas* 6, 37.

[19] *Lucas* 20, 25.

Y al salir, mirando fijamente al presunto reo, le dijo:

—Mira bien si Dios te ha perdonado, que es lo único que importa [20].

En el pueblo todos acudían a misa, aunque sólo fuese por oírle y por verle en el altar, donde parecía transfigurarse, encendiéndosele el rostro. Había un santo ejercicio que introdujo en el culto popular, y es que, reuniendo en el templo a todo el pueblo, hombres y mujeres, viejos y niños, unas mil personas, recitábamos al unísono, en una sola voz, el Credo: «Creo en Dios Padre Todopoderoso, Creador del Cielo y de la Tierra...» y lo que sigue. Y no era un coro, sino una sola voz, una voz simple y unida, fundidas todas en una y haciendo como una montaña, cuya cumbre, perdida a las veces en nubes, era Don Manuel. Y al llegar a lo de «creo en la resurrección de la carne y la vida perdurable» la voz de Don Manuel se zambullía, como en un lago, en la del pueblo todo, y era que él se callaba. Y yo oía las campanadas de la villa que se dice aquí que está sumergida en el lecho del lago —campanadas que se dice también se oyen la noche de San Juan— y eran las de la villa sumergida en el lago espiritual de nuestro pueblo; oía la voz de nuestros muertos que en nosotros resucitaban en la comunión de los santos. Después, al llegar a conocer el secreto de nuestro santo, he comprendido que era como si una caravana en marcha por el desierto, desfallecido el caudillo al acercarse al término de su carrera, le tomaran en

---

[20]   Al fondo de esta escena se adivina la defensa que Jesús hace de la mujer adúltera (*Mateo* 8, 1-11).

hombros los suyos para meter su cuerpo sin vida en la tierra de promisión[21].

Los más no querían morirse sino cogidos de su mano como de un ancla.

Jamás en sus sermones se ponía a declamar contra impíos, masones, liberales o herejes. ¿Para qué, si no los había en la aldea? Ni menos contra la mala prensa[22]. En cambio, uno de los más frecuentes temas de sus sermones era contra la mala lengua. Porque él lo disculpaba todo y a todos disculpaba. No quería creer en la mala intención de nadie.

—La envidia —gustaba repetir— la mantienen los que se empeñan en creerse envidiados, y las más de las persecuciones son efecto más de la manía persecutoria que no de la perseguidora.

—Pero fíjese, Don Manuel, en lo que me ha querido decir...

Y él:

—No debe importarnos tanto lo que uno quiera decir como lo que diga sin querer...

---

[21] Por haber dudado de la palabra de Yahveh, Moisés fue castigado a no entrar en la tierra de promisión *(Deuteronomio* 1, 37). En efecto, llegaron sus ojos a verla desde la montaña de Nebo, en la cumbre del Pisgá, pero murió en el país de Moab. Fue Josué —véase nota 49— quien, tomando el relevo, entró en aquélla.

[22] Las sectas y la mala prensa eran objeto constante de denuncia en la predicación y en los escritos eclesiásticos de la época. Así, por ejemplo, en un «Acto de desagravio», recitado en las iglesias españolas, se decía: «Por los crímenes de la prensa impía y blasfema, por las horrendas maquinaciones de tenebrosas sectas... Perdón, Señor, perdón» *(Ritual de Tarsicianos,* editado por la Adoración Nocturna de Salamanca, Tipografía Popular, 1911, pág. 24).

Su vida era activa y no contemplativa, huyendo cuanto podía de no tener nada que hacer. Cuando oía eso de que la ociosidad es la madre de todos los vicios, contestaba: «Y del peor de todos, que es el pensar ocioso». Y como yo le preguntara una vez qué es lo que con eso quería decir, me contestó: «Pensar ocioso es pensar para no hacer nada o pensar demasiado en lo que se ha hecho y no en lo que hay que hacer. A lo hecho pecho, y a otra cosa, que no hay peor que remordimiento sin enmienda». ¡Hacer!, ¡hacer! Bien comprendí yo ya desde entonces que Don Manuel huía de pensar ocioso y a solas, que algún pensamiento le perseguía.

Así es que estaba siempre ocupado, y no pocas veces en inventar ocupaciones. Escribía muy poco para sí, de tal modo que apenas nos ha dejado escritos o notas; mas, en cambio, hacía de memorialista para los demás, y a las madres, sobre todo, les redactaba las cartas para sus hijos ausentes [23].

Trabajaba también manualmente, ayudando con sus brazos a ciertas labores del pueblo. En la temporada de trilla íbase a la era a trillar y aventar, y en tanto, les aleccionaba o les distraía. Sustituía a las veces a algún enfermo en su tarea. Un día del más crudo invierno se encontró con un niño, muertecito de frío, a quien su padre le enviaba a recoger una res a larga distancia, en el monte.

---

[23]   A causa del elevado analfabetismo, en los pueblos era muy frecuente acudir al cura para que redactara cartas y otros escritos. Recuérdese la «Dolora» de Campoamor, «¡Quién supiera escribir!»; «Escribidme una carta, señor cura...».

—Mira —le dijo al niño—, vuélvete a casa, a calentarte, y dile a tu padre que yo voy a hacer el encargo. Y al volver con la res se encontró con el padre, todo confuso, que iba a su encuentro. En invierno partía leña para los pobres. Cuando se secó aquel magnífico nogal —«un nogal matriarcal»[24] le llamaba—, a cuya sombra había jugado de niño y con cuyas nueces se había durante tantos años regalado, pidió el tronco, se lo llevó a su casa y después de labrar en él seis tablas, que guardaba al pie de su lecho, hizo del resto leña para calentar a los pobres. Solía hacer también las pelotas para que jugaran los mozos[25] y no pocos juguetes para los niños.

Solía acompañar al médico en su visita y recalcaba las prescripciones de éste. Se interesaba sobre todo en los embarazos y en la crianza de los niños, y estimaba como una de las mayores blasfemias aquello de: «¡Teta y gloria!», y lo otro de: «Angelitos al cielo». Le conmovía profundamente la muerte de los niños.

---

[24] La resonancia simbólica del calificativo *matriarcal,* que Unamuno asigna en otros escritos a las encinas castellanas, es muy amplio. Se relaciona básicamente con el concepto de intrahistoria: esos árboles autóctonos hunden raíces profundas en el seno de la tierra y se nutren de su jugo, que les permite una vida centenaria. Al final de la novela veremos que las tablas de ese nogal servirán para el ataúd de Don Manuel, lo que evidencia el sentido intrahistórico de su gesto: quiere él permanecer, protegido matriarcalmente por el nogal, en el seno de la tierra madre.

[25] En el País Vasco y en Castilla muchos pueblos tienen frontones para el juego de pelota.

—Un niño que nace muerto o que se muere recién nacido y un suicidio —me dijo una vez— son para mí de los más terribles misterios: ¡un niño en cruz!

Y como una vez, por haberse quitado uno la vida, le preguntara el padre del suicida, un forastero, si le daría tierra sagrada, le contestó:

—Seguramente, pues en el último momento, en el segundo de la agonía, se arrepintió sin duda alguna.

Iba también a menudo a la escuela a ayudar al maestro, a enseñar con él, y no sólo el catecismo. Y es que huía de la ociosidad y de la soledad. De tal modo que por estar con el pueblo, y sobre todo con el mocerío y la chiquillería, solía ir al baile. Y más de una vez se puso en él a tocar el tamboril para que los mozos y las mozas bailasen, y esto, que en otro hubiera parecido grotesca profanación del sacerdocio, en él tomaba un sagrado carácter y como de rito religioso. Sonaba el *Ángelus,* dejaba el tamboril y el palillo, se descubría y todos con él, y rezaba: «El ángel del Señor anunció a María: Ave María...». Y luego: «Y ahora, a descansar para mañana».

—Lo primero —decía— es que el pueblo esté contento, que estén todos contentos de vivir. El contentamiento de vivir es lo primero de todo. Nadie debe querer morirse hasta que Dios quiera.

—Pues yo sí —le dijo una vez una recién viuda—, yo quiero seguir a mi marido...

—¿Y para qué? —le respondió—. Quédate aquí para encomendar su alma a Dios.

En una boda dijo una vez: «¡Ay, si pudiese cambiar

el agua toda de nuestro lago en vino, en un vinillo que por mucho que de él se bebiera alegrara siempre sin emborracharse nunca... o por lo menos con una borrachera alegre!»[26].

Una vez pasó por el pueblo una banda de pobres titiriteros. El jefe de ella, que llegó con la mujer gravemente enferma y embarazada, y con tres hijos que le ayudaban, hacía de payaso. Mientras él estaba en la plaza del pueblo haciendo reír a los niños y aun a los grandes, ella, sintiéndose de pronto gravemente indispuesta, se tuvo que retirar, y se retiró escoltada por una mirada de congoja del payaso y una risotada de los niños. Y escoltada por Don Manuel, que luego, en un rincón de la cuadra de la posada, la ayudó a bien morir. Y cuando, acabada la fiesta, supo el pueblo y supo el payaso la tragedia, fuéronse todos a la posada y el pobre hombre, diciendo con llanto en la voz: «Bien se dice, señor cura, que es usted todo un santo», se acercó a éste queriendo tomarle la mano para besársela, pero Don Manuel se adelantó, y tomándosela al payaso, pronunció ante todos:

—El santo eres tú, honrado payaso; te vi trabajar y comprendí que no sólo lo haces para dar pan a tus hijos, sino también para dar alegría a los de los otros, y yo te digo que tu mujer, la madre de tus hijos, a quien he despedido a Dios mientras trabajabas y alegrabas, descansa en el Señor, y que tú irás a juntarte con ella y a que te paguen riendo los ángeles a los que haces reír en el cielo de contento.

---

[26]   Referencia clara a la evangélica boda de Caná (*Juan* 2, 1-12).

Y todos, niños y grandes, lloraban, y lloraban tanto de pena como de un misterioso contento en que la pena se ahogaba. Y más tarde, recordando aquel solemne rato, he comprendido que la alegría imperturbable de Don Manuel era la forma temporal y terrena de una infinita y eterna tristeza que con heroica santidad recataba a los ojos y los oídos de los demás.

Con aquella su constante actividad, con aquel mezclarse en las tareas y las diversiones de todos, parecía querer huir de sí mismo, querer huir de su soledad. «Le temo a la soledad», repetía. Mas, aun así, de vez en cuando se iba solo, orilla del lago, a las ruinas de aquella vieja abadía donde aún parecen reposar las almas de los piadosos cistercienses a quienes ha sepultado en el olvido la Historia. Allí está la celda del llamado Padre Capitán, y en sus paredes se dice que aún quedan señales de la gota de sangre con que las salpicó al mortificarse. ¿Qué pensaría allí nuestro Don Manuel? Lo que sí recuerdo es que como una vez, hablando de la abadía, le preguntase yo cómo era que no se le había ocurrido ir al claustro, me contestó:

—No es sobre todo porque tenga, como tengo, mi hermana viuda y mis sobrinos a quienes sostener, que Dios ayuda a sus pobres, sino porque yo no nací para ermitaño, para anacoreta; la soledad me mataría el alma, y en cuanto a un monasterio, mi monasterio es Valverde de Lucerna. Yo no debo vivir solo; yo no debo morir solo. Debo vivir para mi pueblo, morir para mi pueblo. ¿Cómo voy a salvar mi alma si no salvo la de mi pueblo?

—Pero es que ha habido santos ermitaños, solitarios... —le dije.

—Sí, a ellos les dio el Señor la gracia de soledad que a mí me ha negado, y tengo que resignarme. Yo no puedo perder a mi pueblo para ganarme el alma[27]. Así me ha hecho Dios. Yo no podría soportar las tentaciones del desierto. Yo no podría llevar solo la cruz del nacimiento.

He querido con estos recuerdos, de los que vive mi fe, retratar a nuestro Don Manuel tal como era cuando yo, mocita de cerca de dieciséis años, volví del Colegio de Religiosas de Renada a nuestro monasterio de

---

[27]   Sánchez Barbudo sostiene que el párroco —«doble» de Unamuno— ha perdido la fe y que lo que don Miguel quiere decir, en un momento en que el propio crítico sospecha en él una nueva crisis, es que él no podía, por ganar fama de buen escritor, seguir inquietando al pueblo, a sus lectores (Antonio Sánchez Barbudo, «Los últimos años de Unamuno», *Hispanic Review,* 19 [1951], pág. 292; el artículo ha sido recogido en el volumen del mismo autor, *Estudios sobre Unamuno y Machado,* Madrid, Guadarrama, 1959). Tal interpretación ha sido contestada por la mayor parte de la crítica en un doble plano: en el de la trama de la novela, porque si Don Manuel estuviera aquí confesando su incredulidad real, se alteraría la lógica del relato en el que su duda, todavía un secreto, mantiene la tensión de la narradora y de su escrito; en el plano de la referencia a Unamuno, porque la salvación que él pretende con sus escritos es la salvación correspondiente a la misión cívica a que se sintió llamado desde muy joven: «¿Adónde iré a parar? —le dice a Ilundáin en carta del 25 de mayo de 1898—. No lo sé. Sólo sé que creo haber hallado por ahora mi camino y creo cumplir un deber y una necesidad íntima de mi espíritu a la vez».

Valverde de Lucerna. Y volví a ponerme a los pies de su abad.

—¡Hola, la hija de la Simona —me dijo en cuanto me vio—, y hecha ya toda una moza, y sabiendo francés, y bordar y tocar el piano y qué sé yo qué más! Ahora a prepararte para darnos otra familia. Y tu hermano Lázaro, ¿cuándo vuelve? Sigue en el Nuevo Mundo, ¿no es así?

—Sí, señor, sigue en América...

—¡El Nuevo Mundo! Y nosotros en el Viejo. Pues bueno, cuando le escribas, dile de mi parte, de parte del cura, que estoy deseando saber cuándo vuelve del Nuevo Mundo a este Viejo, trayéndonos las novedades de por allá. Y dile que encontrará al lago y a la montaña como les [28] dejó.

Cuando me fui a confesar con él mi turbación era tanta que no acertaba a articular palabra. Recé el «yo pecadora» balbuciendo, casi sollozando. Y él, que lo observó, me dijo:

—Pero ¿qué te pasa, corderilla? ¿De qué o de quién tienes miedo? Porque tú no tiemblas ahora al peso de tus pecados ni por temor de Dios, no; tú tiemblas de mí, ¿no es eso?

Me eché a llorar.

—Pero ¿qué es lo que te han dicho de mí? ¿Qué leyendas son ésas? ¿Acaso tu madre? Vamos, vamos, cálmate y haz cuenta que estás hablando con tu hermano...

---

[28]   *Les:* Unamuno adopta aquí el *leísmo* muy difundido en el área lingüística del leonés.

Me animé y empecé a confiarle mis inquietudes, mis dudas, mis tristezas.

—¡Bah, bah, bah! ¿Y dónde has leído eso, marisabidilla? Todo eso es literatura. No te des demasiado a ella, ni siquiera a Santa Teresa. Y si quieres distraerte, lee el *Bertoldo,* que leía tu padre.

Salí de aquella mi primera confesión con el santo hombre profundamente consolada. Y aquel mi temor primero, aquel más que respeto miedo, con que me acerqué a él, trocóse en una lástima profunda. Era yo entonces una mocita, una niña casi; pero empezaba a ser mujer, sentía en mis entrañas el jugo de la maternidad, y al encontrarme en el confesonario junto al santo varón, sentí como una callada confesión suya en el susurro sumiso de su voz y recordé cómo cuando al clamar él en la iglesia las palabras de Jesucristo: «¡Dios mío, Dios mío!, ¿por qué me has abandonado?», su madre, la de Don Manuel, respondió desde el suelo: «¡Hijo mío!», y oí este grito que desgarraba la quietud del templo. Y volví a confesarme con él para consolarle.

Una vez que en el confesonario le expuse una de aquellas dudas, me contestó:

—A eso, ya sabes, lo del catecismo: «Eso no me lo preguntéis a mí, que soy ignorante; doctores tiene la Santa Madre Iglesia que os sabrán responder» [29].

—¡Pero si el doctor aquí es usted, Don Manuel...!

—¿Yo, yo doctor?, ¿doctor yo? ¡Ni por pienso! Yo,

---

[29]   Por supuesto, no defiende don Miguel la llamada «fe del carbonero» que él califica de «método de entontecimiento». La respuesta de Don Manuel a Angelita hay que entenderla en la línea de su decisión de no inquietar a los feligreses con sus propias dudas.

doctorcilla, no soy más que un pobre cura de aldea.
Y esas preguntas, ¿sabes quién te las insinúa, quién te
las dirige? Pues... ¡el Demonio!

Y entonces, envalentonándome, le espeté a boca de
jarro:

—¿Y si se las dirigiese a usted, Don Manuel?

—¿A quién?, ¿a mí? ¿Y el Demonio? No nos conocemos, hija, no nos conocemos.

—¿Y si se las dirigiera?

—No le haría caso. Y basta, ¿eh?, despachemos, que
me están esperando unos enfermos de verdad[30].

Me retiré, pensando, no sé por qué, que nuestro Don
Manuel, tan afamado curandero de endemoniados, no
creía en el Demonio. Y al irme hacia mi casa topé con
Blasillo el bobo, que acaso rondaba el templo, y que al
verme, para agasajarme con sus habilidades, repitió
—¡y de qué modo!— lo de «¡Dios mío, Dios mío!,
¿por qué me has abandonado?». Llegué a casa acongo-
jadísima y me encerré en mi cuarto para llorar, hasta
que llegó mi madre.

—Me parece, Angelita, con tantas confesiones, que
tú te me vas a ir monja.

---

[30]   *Enfermos de verdad* ha de interpretarse a la luz de lo que
Ángela contará poco más adelante: «Lo que pasó en la muerte de
nuestra madre puso a Lázaro en relación con Don Manuel, que pareció descuidar algo a sus demás pacientes, a sus demás menesterosos, para atender a mi hermano» (pág. 120). Paradójicamente, para
Don Manuel son «enfermos de verdad» aquellos en los que langui-
dece el sentimiento religioso tradicional que permite soñar eterna
esta vida. Como Lázaro carece de aquél, es más menesteroso; Angelita, en cambio, vive una intensa religiosidad y Don Manuel
quiere evitarle el sufrimiento de la duda.

—No lo tema, madre —le contesté—, pues tengo harto que hacer aquí, en el pueblo, que es mi convento[31].

—Hasta que te cases.

—No pienso en ello —le repliqué.

Y otra vez que me encontré con Don Manuel, le pregunté, mirándole derechamente a los ojos:

—¿Es que hay infierno, Don Manuel?

Y él, sin inmutarse:

—¿Para ti, hija? No.

—¿Para los otros, le hay?

—¿Y a ti qué te importa, si no has de ir a él?

—Me importa por los otros. ¿Le hay?

—Cree en el cielo, en el cielo que vemos. Míralo —y me lo mostraba sobre la montaña y abajo, reflejado en el lago.

—Pero hay que creer en el infierno, como en el cielo —le repliqué.

—Sí, hay que creer todo lo que cree y enseña a creer la Santa Madre Iglesia Católica, Apostólica, Romana. ¡Y basta!

Leí no sé qué honda tristeza en sus ojos, azules como las aguas del lago.

Aquellos años pasaron como un sueño. La imagen de Don Manuel iba creciendo en mí sin que yo de ello me diese cuenta, pues era un varón tan cotidiano, tan de cada día como el pan que a diario pedimos en el Padrenuestro. Yo le ayudaba cuanto podía en sus menes-

---

[31] Angelita ha decidido en ese momento actuar en la línea de Don Manuel, haciendo, tal como dice un poco más abajo, «de diaconisa» y de madre: «Empezaba yo a sentir una especie de afecto maternal hacia mi padre espiritual».

teres, visitaba a sus enfermos, a nuestros enfermos, a las niñas de la escuela, arreglaba el ropero de la iglesia, le hacía, como me llamaba él, de diaconisa. Fui unos días invitada por una compañera de colegio, a la ciudad, y tuve que volverme, pues en la ciudad me ahogaba, me faltaba algo, sentía sed de la vista de las aguas del lago, hambre de la vista de las peñas de la montaña; sentía, sobre todo, la falta de mi Don Manuel y como si su ausencia me llamara, como si corriese un peligro lejos de mí, como si me necesitara. Empezaba yo a sentir una especie de afecto maternal hacia mi padre espiritual; quería aliviarle del peso de su cruz del nacimiento.

———————

Así fui llegando a mis veinticuatro años, que es cuando volvió de América, con un caudalillo ahorrado, mi hermano Lázaro. Llegó acá, a Valverde de Lucerna, con el propósito de llevarnos a mí y a nuestra madre a vivir a la ciudad, acaso a Madrid.

—En la aldea —decía— se entontece, se embrutece y se empobrece uno.

Y añadía:

—Civilización es lo contrario de ruralización; ¡aldeanerías no!, que no hice que fueras al Colegio para que te pudras luego aquí, entre estos zafios patanes [32].

Yo callaba, aún dispuesta a resistir la emigración;

———————

[32]   Rectificando una posición anterior favorable del cosmopolitismo, desde 1908 Unamuno defiende los valores del campo frente a la ciudad. Lázaro vuelve de América inficionado de cosmopolitismo, pero pronto se convertirá a la creencia unamuniana que Don Manuel encarna.

pero nuestra madre, que pasaba ya de la sesentena, se opuso desde un principio. «¡A mi edad, cambiar de aguas!», dijo primero; mas luego dio a conocer claramente que ella no podría vivir fuera de la vista de su lago, de su montaña, y sobre todo de su Don Manuel.

—¡Sois como las gatas, que os apegáis a la casa! —repetía mi hermano.

Cuando se percató de todo el imperio que sobre el pueblo todo y en especial sobre nosotras, sobre mi madre y sobre mí, ejercía el santo varón evangélico, se irritó contra éste. Le pareció un ejemplo de la oscura teocracia en que él suponía hundida a España. Y empezó a barbotar sin descanso todos los viejos lugares comunes anticlericales y hasta antirreligiosos y progresistas que había traído renovados del Nuevo Mundo.

—En esta España de calzonazos —decía— los curas manejan a las mujeres y las mujeres a los hombres... ¡y luego el campo!, ¡el campo!, este campo feudal...

Para él, feudal era un término pavoroso; feudal y medieval eran los dos calificativos que prodigaba cuando quería condenar algo.

Le desconcertaba el ningún efecto que sobre nosotras hacían sus diatribas y el casi ningún efecto que hacían en el pueblo, donde se le oía con respetuosa indiferencia. «A estos patanes no hay quien les conmueva». Pero como era bueno por ser inteligente, pronto se dio cuenta de la clase de imperio que Don Manuel ejercía sobre el pueblo, pronto se enteró de la obra del cura de su aldea.

—¡No, no es como los otros —decía—, es un santo!

—Pero ¿tú sabes cómo son los otros curas? —le decía yo, y él:

—Me lo figuro.

Mas aun así ni entraba en la iglesia ni dejaba de hacer alarde en todas partes de su incredulidad, aunque procurando siempre dejar a salvo a Don Manuel. Y ya en el pueblo se fue formando, no sé cómo, una expectativa, la de una especie de duelo entre mi hermano Lázaro y Don Manuel, o más bien se esperaba la conversión de aquél por éste. Nadie dudaba de que al cabo el párroco le llevaría a su parroquia. Lázaro, por su parte, ardía en deseos —me lo dijo luego— de ir a oír a Don Manuel, de verle y oírle en la iglesia, de acercarse a él y con él conversar, de conocer el secreto de aquel su imperio espiritual sobre las almas. Y se hacía de rogar para ello, hasta que al fin, por curiosidad —decía—, fue a oírle.

—Sí, esto es otra cosa —me dijo luego de haberle oído—; no es como los otros, pero a mí no me la da; es demasiado inteligente para creer todo lo que tiene que enseñar.

—Pero ¿es que le crees un hipócrita? —le dije.

—¡Hipócrita... no!, pero es el oficio del que tiene que vivir.

En cuanto a mí, mi hermano se empeñaba en que yo leyese de libros que él trajo y de otros que me incitaba a comprar.

—¿Conque tu hermano Lázaro —me decía Don Manuel— se empeña en que leas? Pues lee, hija mía, lee y dale así gusto. Sé que no has de leer sino cosa buena; lee aunque sea novelas. No son mejores las historias que llaman verdaderas. Vale más que leas que no el que te alimentes de chismes y comadrerías del pueblo. Pero lee sobre todo libros de piedad que te den contento de vivir, un contento apacible y silencioso.

¿Le [33] tenía él?

Por entonces enfermó de muerte y se nos murió nuestra madre, y en sus últimos días todo su hipo era que Don Manuel convirtiese a Lázaro, a quien esperaba volver a ver un día en el cielo, en un rincón de las estrellas desde donde se viese el lago y la montaña de Valverde de Lucerna. Ella se iba ya, a ver a Dios.

—Usted no se va —le decía Don Manuel—, usted se queda. Su cuerpo aquí, en esta tierra, y su alma también aquí en esta casa, viendo y oyendo a sus hijos, aunque éstos ni le vean ni le oigan.

—Pero yo, padre —dijo—, voy a ver a Dios.

—Dios, hija mía, está aquí como en todas partes, y le verá usted desde aquí, desde aquí. Y a todos nosotros en Él, y a Él en nosotros.

—Dios se lo pague —le dije.

—El contento con que tu madre se muera —me dijo— será su eterna vida.

Y volviéndose a mi hermano Lázaro:

—Su cielo es seguir viéndote, y ahora es cuando hay que salvarla [34]. Dile que rezarás por ella.

—Pero...

—¿Pero...? Dile que rezarás por ella, a quien debes

---

[33]   Un caso más de leísmo —«¿*le* tenía...?»— en una reflexión de Angelita que rompe la diacronía de su relación.

[34]   Porque es cuando se enfrenta al momento crucial de verificar si su conciencia va a perdurar más allá de esta vida.

la vida, y sé que una vez que se lo prometas rezarás y sé que luego que reces...

Mi hermano, acercándose, arrasados sus ojos en lágrimas, a nuestra madre, agonizante, le prometió solemnemente rezar por ella.

—Y yo en el cielo por ti, por vosotros —respondió mi madre, y besando el crucifijo y puestos sus ojos en los de Don Manuel, entregó su alma a Dios.

—«¡En tus manos encomiendo mi espíritu!» [35] —rezó el santo varón.

Quedamos mi hermano y yo solos en la casa. Lo que pasó en la muerte de nuestra madre puso a Lázaro en relación con Don Manuel, que pareció descuidar algo a sus demás pacientes, a sus demás menesterosos, para atender a mi hermano. Íbanse por las tardes de paseo, orilla del lago, o hacia las ruinas, vestidas de hiedra, de la vieja abadía de cistercienses.

—Es un hombre maravilloso —me decía Lázaro—. Ya sabes que dicen que en el fondo de este lago hay una villa sumergida y que en la noche de San Juan, a las doce, se oyen las campanadas de su iglesia.

—Sí —le contestaba yo—, una villa feudal y medieval...

—Y creo —añadía él— que en el fondo del alma de nuestro Don Manuel hay también sumergida, ahogada, una villa y que alguna vez se oyen sus campanadas.

---

[35]   Son las palabras que Cristo pronunció al morir (*Lucas* 23, 46) y formaban parte en la vieja liturgia del «Ordo commendationis animae» que Don Manuel recita.

—Sí —le dije—, esa villa sumergida en el alma de Don Manuel, ¿y por qué no también en la tuya?, es el cementerio de las almas de nuestros abuelos, los de esta nuestra Valverde de Lucerna... ¡feudal y medieval!

Acabó mi hermano por ir a misa siempre, a oír a Don Manuel, y cuando se dijo que cumpliría con la parroquia, que comulgaría cuando los demás comulgasen, recorrió un íntimo regocijo al pueblo todo, que creyó haberle recobrado. Pero fue un regocijo tal, tan limpio, que Lázaro no se sintió ni vencido ni disminuido.

Y llegó el día de su comunión, ante el pueblo todo, con el pueblo todo. Cuando llegó la vez a mi hermano pude ver que Don Manuel, tan blanco como la nieve de enero en la montaña y temblando como tiembla el lago cuando le hostiga el cierzo, se le acercó con la sagrada forma en la mano, y de tal modo le temblaba ésta al arrimarla a la boca de Lázaro que se le cayó la forma a tiempo que le daba un vahído. Y fue mi hermano mismo quien recogió la hostia y se la llevó a la boca. Y el pueblo al ver llorar a Don Manuel, lloró diciéndose: «¡Cómo le quiere!» [36]. Y entonces, pues era la madrugada, cantó un gallo [37].

---

[36] Al fondo está la escena de Jesús ante el sepulcro de Lázaro: «Lloró Jesús, y los judíos decían: mira cómo le quería» (*Juan* 11, 35). Cobra aquí sentido el nombre del hermano de Ángela, Lázaro, porque resucita —en seguida veremos que en apariencia— a la fe de la infancia.

[37] Ese canto del gallo, que, evidentemente, evoca el acontecido cuando Pedro negó a Jesús (*Lucas* 22, 60), plantea algún problema de interpretación. ¿Qué es lo que Lázaro niega en ese momento?:

Al volver a casa y encerrarme en ella con mi hermano, le eché los brazos al cuello y besándole le dije:

—¡Ay Lázaro, Lázaro, qué alegría nos has dado a todos, a todos, a todo el pueblo, a todos, a los vivos y a los muertos, y sobre todo a mamá, a nuestra madre! ¿Viste? El pobre Don Manuel lloraba de alegría. ¡Qué alegría nos has dado a todos!

—Por eso lo he hecho —me contestó.

—¿Por eso? ¿Por darnos alegría? Lo habrás hecho ante todo por ti mismo, por conversión.

Y entonces Lázaro, mi hermano, tan pálido y tan tembloroso como Don Manuel cuando le dio la comunión, me hizo sentarme en el sillón mismo donde solía sentarse nuestra madre, tomó huelgo, y luego, como en íntima confesión doméstica y familiar, me dijo:

—Mira, Angelita, ha llegado la hora de decirte la verdad, toda la verdad, y te la voy a decir, porque debo decírtela, porque a ti no puedo, no debo callártela y porque además habrías de adivinarla y a medias, que es lo peor, más tarde o más temprano.

Y entonces, serena y tranquilamente, a media voz, me contó una historia que me sumergió en un lago de tristeza. Cómo Don Manuel le había venido trabajando, sobre todo en aquellos paseos a las ruinas de la vieja abadía cisterciense, para que no escandalizase, para que diese buen ejemplo, para que se incorporase a

-----

pienso que su propia racionalidad, no para proteger su vida como Pedro, sino la de sus paisanos, los cuales viven felices porque viven ajenos al problema de conciencia que torturaba a Don Manuel y que tortura a Lázaro. Esa su vida peligraría si él les contagiara la duda.

la vida religiosa del pueblo, para que fingiese creer si no creía, para que ocultase sus ideas al respecto, mas sin intentar siquiera catequizarle, convertirle de otra manera.

—Pero ¿es eso posible? —exclamé consternada.

—¡Y tan posible, hermana, y tan posible! Y cuando yo le decía: «¿Pero es usted, usted, el sacerdote, el que me aconseja que finja?», él, balbuciente: «¿Fingir?, ¡fingir no!, ¡eso no es fingir! Toma agua bendita, que dijo alguien[38], y acabarás creyendo». Y como yo, mirándole a los ojos, le dijese: «¿Y usted celebrando misa ha acabado por creer?», él bajó la mirada al lago y se le llenaron los ojos de lágrimas. Y así es como le arranqué su secreto.

—¡Lázaro! —gemí.

Y en aquel momento pasó por la calle Blasillo el bobo, clamando su: «¡Dios mío, Dios mío!, ¿por qué me has abandonado?». Y Lázaro se estremeció creyendo oír la voz de Don Manuel, acaso la de Nuestro Señor Jesucristo.

—Entonces —prosiguió mi hermano—comprendí sus móviles, y con esto comprendí su santidad; porque es un santo, hermana, todo un santo. No trataba al emprender ganarme para su santa causa —porque es una causa santa, santísima—, arrogarse un triunfo, sino que lo hacía por la paz, por la felicidad, por la ilusión si quieres, de los que le están encomendados; comprendí que si les engaña así —si es que esto es engaño— no es por medrar. Me rendí a sus razones, y he aquí mi

---

[38] Pascal en sus *Pensamientos*.

conversión. Y no me olvidaré jamás del día en que diciéndole yo: «Pero, Don Manuel, la verdad, la verdad ante todo», él, temblando, me susurró al oído —y eso que estábamos solos en medio del campo—: «¿La verdad? La verdad, Lázaro, es acaso algo terrible, algo intolerable, algo mortal; la gente sencilla no podría vivir con ella». «¿Y por qué me la deja entrever ahora aquí, como en confesión?», le dije. Y él: «Porque si no, me atormentaría tanto, tanto, que acabaría gritándola en medio de la plaza, y eso jamás, jamás, jamás. Yo estoy para hacer vivir a las almas de mis feligreses, para hacerles felices, para hacerles que se sueñen inmortales y no para matarles. Lo que aquí hace falta es que vivan sanamente, que vivan en unanimidad de sentido, y con la verdad, con mi verdad, no vivirían. Que vivan. Y esto hace la Iglesia, hacerles vivir. ¿Religión verdadera? Todas las religiones son verdaderas en cuanto hacen vivir espiritualmente a los pueblos que las profesan, en cuanto les consuelan de haber tenido que nacer para morir, y para cada pueblo la religión más verdadera es la suya, la que le ha hecho [39]. ¿Y la mía? La mía es consolarme en consolar a los demás, aunque el con-

---

[39]   Algunos editores, sin fundamento en el manuscrito ni en la versión impresa definitiva, leen «la que ha hecho», interpretando «la religión que el pueblo ha formado». No es ese, sin embargo, el sentido unamuniano sino el de «la religión que ha configurado al pueblo como tal pueblo». Confirman esta interpretación las referencias que un poco más adelante hace Don Manuel a la «Iglesia Católica *Española*» y a la «Santa Madre [Iglesia] Católica Apostólica Romana... [...] la Santa Madre Iglesia *de Valverde de Lucerna*» (los subrayados son míos).

suelo que les doy no sea el mío». Jamás olvidaré estas sus palabras.

—¡Pero esa comunión tuya ha sido un sacrilegio! —me atreví a insinuar, arrepintiéndome al punto de haberlo insinuado.

—¿Sacrilegio? ¿Y él que me la dio? ¿Y sus misas?

—¡Qué martirio! —exclamé.

—Y ahora —añadió mi hermano— hay otro más para consolar al pueblo.

—¿Para engañarle? —le dije.

—Para engañarle no —me replicó—, sino para corroborarle en su fe.

—Y él, el pueblo —dije—, ¿cree de veras?

—¡Qué sé yo...! Cree sin querer, por hábito, por tradición. Y lo que hace falta es no despertarle. Y que viva en su pobreza de sentimientos para que no adquiera torturas de lujo. ¡Bienaventurados los pobres de espíritu! [40].

—Eso, hermano, lo has aprendido de Don Manuel. Y ahora, dime, ¿has cumplido aquello que le prometiste a nuestra madre cuando ella se nos iba a morir, aquello de que rezarías por ella?

—¡Pues no se lo había de cumplir! Pero ¿por quién me has tomado, hermana? ¿Me crees capaz de faltar a mi palabra, a una promesa solemne, y a una promesa hecha, y en el lecho de muerte, a una madre?

---

[40] Unamuno contrahace aquí el sentido de la primera bienaventuranza (*Mateo* 5, 3), entendiendo por «pobres de espíritu» a los que se nutren de la religiosidad tradicional, de la fe ingenua: el coraje que requería Kierkegaard para enfrentarse a la verdad última supone una riqueza de espíritu, pero comporta también torturas.

—¡Qué sé yo...! Pudiste querer engañarla para que muriese consolada.

—Es que si yo no hubiese cumplido la promesa viviría sin consuelo.

—¿Entonces?

—Cumplí la promesa y no he dejado de rezar ni un solo día por ella.

—¿Sólo por ella?

—Pues, ¿por quién más?

—¡Por ti mismo! Y de ahora en adelante, por Don Manuel.

Nos separamos para irnos cada uno a su cuarto, yo a llorar toda la noche, a pedir por la conversión de mi hermano y de Don Manuel, y él, Lázaro, no sé bien a qué.

————

Después de aquel día temblaba yo de encontrarme a solas con Don Manuel, a quien seguía asistiendo en sus piadosos menesteres. Y él pareció percatarse de mi estado íntimo y adivinar la causa. Y cuando al fin me acerqué a él en el tribunal de la penitencia —¿quién era el juez y quién el reo?—, los dos, él y yo, doblamos en silencio la cabeza y nos pusimos a llorar. Y fue él, Don Manuel, quien rompió el tremendo silencio para decirme con voz que parecía salir de una huesa:

—Pero tú, Angelina, tú crees como a los diez años, ¿no es así? ¿Tú crees?

—Sí creo, padre.

—Pues sigue creyendo. Y si se te ocurren dudas, cállatelas a ti misma. Hay que vivir...

Me atreví, y toda temblorosa le dije:

—Pero usted, padre, ¿cree usted?

Vaciló un momento y, reponiéndose, me dijo:

—¡Creo!

—¿Pero en qué, padre, en qué? ¿Cree usted en la otra vida?, ¿cree usted que al morir no nos morimos del todo?, ¿cree que volveremos a vernos, a querernos en otro mundo venidero?, ¿cree en la otra vida?

El pobre santo sollozaba.

—¡Mira, hija, dejemos eso!

Y ahora, al escribir esta memoria, me digo: ¿Por qué no me engañó?, ¿por qué no me engañó entonces como engañaba a los demás? ¿Por qué se acongojó? ¿Porque no podía engañarse a sí mismo, o porque no podía engañarme? Y quiero creer que se acongojaba porque no podía engañarse para engañarme.

—Y ahora —añadió—, reza por mí, por tu hermano, por ti misma, por todos. Hay que vivir. Y hay que dar vida.

Y después de una pausa:

—¿Y por qué no te casas, Angelina?

—Ya sabe usted, padre mío, por qué.

—Pero no, no; tienes que casarte. Entre Lázaro y yo te buscaremos un novio. Porque a ti te conviene casarte para que se te curen esas preocupaciones.

—¿Preocupaciones, Don Manuel?

—Yo sé bien lo que me digo. Y no te acongojes demasiado por los demás, que harto tiene cada cual con tener que responder de sí mismo.

—¡Y que sea usted, Don Manuel, el que me diga eso!, ¡que sea usted el que me aconseje que me case para responder de mí y no acuitarme por los demás!, ¡que sea usted!

—Tienes razón, Angelina, no sé ya lo que me digo;

no sé ya lo que me digo desde que estoy confesándome contigo. Y sí, sí, hay que vivir, hay que vivir.

Y cuando yo iba a levantarme para salir del templo, me dijo:

—Y ahora, Angelina, en nombre del pueblo, ¿me absuelves?

Me sentí como penetrada de un misterioso sacerdocio, y le dije:

—En nombre de Dios Padre, Hijo y Espíritu Santo, le absuelvo, padre.

Y salimos de la iglesia, y al salir se me estremecían las entrañas maternales.

————

Mi hermano, puesto ya del todo al servicio de la obra de Don Manuel, era su más asiduo colaborador y compañero. Les anudaba, además, el común secreto. Le acompañaba en sus visitas a los enfermos, a las escuelas, y ponía su dinero a disposición del santo varón. Y poco faltó para que no aprendiera a ayudarle a misa. E iba entrando cada vez más en el alma insondable de Don Manuel.

—¡Qué hombre! —me decía—. Mira, ayer, paseando a orillas del lago, me dijo: «He aquí mi tentación mayor». Y como yo le interrogase con la mirada, añadió: «Mi pobre padre, que murió de cerca de noventa años, se pasó la vida, según me lo confesó él mismo, torturado por la tentación del suicidio, que le venía no recordaba desde cuándo, *de nación,* decía, y defendiéndose de ella. Y esa defensa fue su vida. Para no sucumbir a tal tentación extremaba los cuidados por conservar la vida. Me contó escenas terribles. Me parecía como una locura. Y yo la he heredado. ¡Y cómo me

llama esa agua que con su aparente quietud —la corriente va por dentro— espeja al cielo! ¡Mi vida, Lázaro, es una especie de suicidio continuo, un combate
contra el suicidio, que es igual; pero que vivan ellos,
que vivan los nuestros!». Y luego añadió: «Aquí se remansa el río en lago, para luego, bajando a la meseta,
precipitarse en cascadas, saltos y torrenteras por las
hoces y encañadas, junto a la ciudad, y así se remansa
la vida, aquí, en la aldea. Pero la tentación del suicidio
es mayor aquí, junto al remanso que espeja de noche
las estrellas, que no junto a las cascadas que dan
miedo. Mira, Lázaro, he asistido a bien morir a pobres
aldeanos, ignorantes, analfabetos que apenas si habían
salido de la aldea, y he podido saber de sus labios, y
cuando no adivinarlo, la verdadera causa de su enfermedad de muerte, y he podido mirar, allí, a la cabecera
de su lecho de muerte, toda la negrura de la sima del
tedio de vivir. ¡Mil veces peor que el hambre! Sigamos, pues, Lázaro, suicidándonos en nuestra obra y en
nuestro pueblo, y que sueñe éste su vida como el lago
sueña el cielo».

—Otra vez —me decía también mi hermano—,
cuando volvíamos acá, vimos una zagala, una cabrera,
que enhiesta sobre un picacho de la falda de la montaña, a la vista del lago, estaba cantando con una voz
más fresca que las aguas de éste. Don Manuel me de-
tuvo y señalándomela dijo: «Mira, parece como si se
hubiera acabado el tiempo, como si esa zagala hubiese
estado ahí siempre, y como está, y cantando como está,
y como si hubiera de seguir estando así siempre, como
estuvo cuando empezó mi conciencia, como estará
cuando se me acabe. Esa zagala forma parte, con las

rocas, las nubes, los árboles, las aguas, de la naturaleza y no de la historia». ¡Cómo siente, cómo anima Don Manuel a la naturaleza! Nunca olvidaré el día de la nevada en que me dijo: «¿Has visto, Lázaro, misterio mayor que el de la nieve cayendo en el lago y muriendo en él mientras cubre con su toca a la montaña?» [41].

Don Manuel tenía que contener a mi hermano en su celo y en su inexperiencia de neófito. Y como supiese que éste andaba predicando contra ciertas supersticiones populares, hubo de decirle:

—¡Déjalos! ¡Es tan difícil hacerles comprender dónde acaba la creencia ortodoxa y dónde empieza la superstición! Y más para nosotros. Déjalos, pues, mientras se consuelen. Vale más que lo crean todo, aun cosas contradictorias entre sí, a no que no crean nada. Eso de que el que cree demasiado acaba por no creer nada, es cosa de protestantes. No protestemos. La protesta mata el contento.

Una noche de plenilunio —me contaba también mi hermano— volvían a la aldea por la orilla del lago, a cuya sobrehaz rizaba entonces la brisa montañesa y en el rizo cabrilleaban las razas de la luna llena, y Don Manuel le dijo a Lázaro:

—¡Mira, el agua está rezando la letanía y ahora dice:

---

[41]   Como se ha explicado en la introducción, la nieve «borra las esquinas», es decir, funde las realidades diferenciadas y simboliza «el abandono del alma a la idea de su propia fusión con lo eterno silencioso» (véase C. Blanco Aguinaga, *El Unamuno contemplativo,* cit., pág. 250).

ianua caeli, ora pro nobis, puerta del cielo, ruega por nosotros!

Y cayeron temblando de sus pestañas a la yerba del suelo dos huideras lágrimas en que también, como en rocío, se bañó temblorosa la lumbre de la luna llena.

———

E iba corriendo el tiempo y observábamos mi hermano y yo que las fuerzas de Don Manuel empezaban a decaer, que ya no lograba contener del todo la insondable tristeza que le consumía, que acaso una enfermedad traidora le iba minando el cuerpo y el alma. Y Lázaro, acaso para distraerle más, le propuso si no estaría bien que fundasen en la iglesia algo así como un sindicato católico agrario.

—¿Sindicato? —respondió tristemente Don Manuel—. ¿Sindicato? ¿Y qué es eso? Yo no conozco más sindicato que la Iglesia, y ya sabes aquello de «mi reino no es de este mundo» [42]. Nuestro reino, Lázaro, no es de este mundo...

—¿Y del otro?

Don Manuel bajó la cabeza:

—El otro, Lázaro, está aquí también, porque hay dos reinos en este mundo. O mejor, el otro mundo... Vamos, que no sé lo que me digo. Y en cuanto a eso del sindicato, es en ti un resabio de tu época de progresismo. No, Lázaro, no; la religión no es para resolver los conflictos económicos o políticos de este mundo que Dios entregó a las disputas de los hombres. Piensen los hombres y obren los hombres como pensaren y

———

[42]   *Juan* 18, 36.

como obraren, que se consuelen de haber nacido, que vivan lo más contentos que puedan en la ilusión de que todo esto tiene una finalidad. Yo no he venido a someter los pobres a los ricos, ni a predicar a éstos que se sometan a aquéllos. Resignación y caridad en todos y para todos. Porque también el rico tiene que resignarse a su riqueza, y a la vida, y también el pobre tiene que tener caridad para con el rico. ¿Cuestión social? Deja eso, eso no nos concierne. Que traen una nueva sociedad, en que no haya ya ricos ni pobres, en que esté justamente repartida la riqueza, en que todo sea de todos, ¿y qué? ¿Y no crees que del bienestar general surgirá más fuerte el tedio a la vida? Sí, ya sé que uno de esos caudillos de la que llaman la revolución social ha dicho que la religión es el opio del pueblo [43]. Opio... Opio... Opio, sí. Démosle opio, y que duerma y que sueñe. Yo mismo con esta mi loca actividad me estoy administrando opio. Y no logro dormir bien y menos soñar bien... ¡Esta terrible pesadilla! Y yo también puedo decir con el Divino Maestro: «Mi alma está triste hasta la muerte» [44]. No, Lázaro; nada de sindicatos por nuestra parte. Si lo forman ellos me parecerá bien, pues que así se distraen. Que jueguen al sindicato, si eso les contenta.

El pueblo todo observó que a Don Manuel le menguaban las fuerzas, que se fatigaba. Su voz misma, aquella voz que era un milagro, adquirió un cierto tem-

---

[43] Se refiere, obviamente, a Marx, cuya frase se popularizó muy pronto.
[44] Palabras de Cristo en el Huerto de Getsemaní (*Mateo* 26, 38).

blor íntimo. Se le asomaban las lágrimas con cualquier motivo. Y sobre todo cuando hablaba al pueblo del otro mundo, de la otra vida, tenía que detenerse a ratos cerrando los ojos. «Es que lo está viendo», decían. Y en aquellos momentos era Blasillo el bobo el que con más cuajo lloraba. Porque ya Blasillo lloraba más que reía, y hasta sus risas sonaban a lloros.

Al llegar la última Semana de Pasión que con nosotros, en nuestro mundo, en nuestra aldea celebró Don Manuel, el pueblo todo presintió el fin de la tragedia. ¡Y cómo sonó entonces aquel: «¡Dios mío, Dios mío!, ¿por qué me has abandonado?», el último que en público sollozó Don Manuel! Y cuando dijo lo del Divino Maestro al buen bandolero —«todos los bandoleros son buenos», solía decir nuestro Don Manuel—, aquello de: «Mañana estarás conmigo en el paraíso»[45]. ¡Y la última comunión general que repartió nuestro santo! Cuando llegó a dársela a mi hermano, esta vez con mano segura, después del litúrgico «... *in vitam aeternam*»[46], se le inclinó al oído y le dijo: «No hay más vida eterna que ésta... que la sueñen eterna... eterna de unos pocos años...». Y cuando me la dio a mí me dijo: «Reza, hija mía, reza por nosotros». Y luego, algo tan extraordinario que lo llevo en el corazón como el más grande misterio, y fue que me dijo con voz que parecía

---

[45] Palabras de Cristo al buen ladrón (*Lucas* 24, 43).

[46] «Litúrgico *in vitam aeternam*», porque son las palabras finales de la plegaria que el sacerdote rezaba al repartir la comunión: «Que el Cuerpo de Nuestro Señor Jesucristo guarde tu alma *para la vida eterna*».

de otro mundo: «... y reza también por Nuestro Señor Jesucristo...».

Me levanté sin fuerzas y como sonámbula. Y todo en torno me pareció un sueño. Y pensé: «Habré de rezar también por el lago y por la montaña». Y luego: «¿Es que estaré endemoniada?». Y en casa ya, cogí el crucifijo con el cual en las manos había entregado a Dios su alma mi madre, y mirándolo a través de mis lágrimas y recordando el «¡Dios mío, Dios mío!, ¿por qué me has abandonado?» de nuestros dos Cristos, el de esta tierra y el de esta aldea, recé, «hágase tu voluntad, así en la tierra como en el cielo», primero, y después: «Y no nos dejes caer en la tentación, amén». Luego me volví a aquella imagen de la Dolorosa, con su corazón traspasado por siete espadas, que había sido el más doloroso consuelo de mi pobre madre, y recé: «Santa María, madre de Dios, ruega por nosotros, pecadores, ahora y en la hora de nuestra muerte, amén». Y apenas lo había rezado cuando me dije: «¿pecadores?, ¿nosotros pecadores?, ¿y cuál es nuestro pecado, cuál?». Y anduve todo el día acongojada por esta pregunta.

Al día siguiente acudí a Don Manuel, que iba adquiriendo una solemnidad de religioso ocaso, y le dije:

—¿Recuerda, padre mío, cuando hace ya años, al dirigirle yo una pregunta me contestó: «Eso no me lo preguntéis a mí, que soy ignorante; doctores tiene la Santa Madre Iglesia que os sabrán responder»?

—¡Que si me acuerdo!... y me acuerdo que te dije que esas eran preguntas que te dictaba el Demonio.

—Pues bien, padre, hoy vuelvo yo, la endemoniada,

a dirigirle otra pregunta que me dicta mi demonio de la guarda [47].

—Pregunta.

—Ayer, al darme de comulgar, me pidió que rezara por todos nosotros y hasta por...

—Bien, cállalo y sigue.

—Llegué a casa y me puse a rezar, y al llegar a aquello de «ruega por nosotros, pecadores, ahora y en la hora de nuestra muerte», una voz íntima me dijo: «¿pecadores?, ¿pecadores nosotros?, ¿y cuál es nuestro pecado?». ¿Cuál es nuestro pecado, padre?

—¿Cuál? —me respondió—. Ya lo dijo un gran doctor de la Iglesia Católica Apostólica Española, ya lo dijo el gran doctor de *La vida es sueño,* ya dijo que «el delito mayor del hombre es haber nacido» [48]. Ese es, hija, nuestro pecado: el de haber nacido.

—¿Y se cura, padre?

—¡Vete y vuelve a rezar! Vuelve a rezar por nosotros, pecadores, ahora y en la hora de nuestra muerte... Sí, al fin se cura el sueño..., al fin se cura la vida..., al fin se acaba la cruz del nacimiento... Y como dijo Calderón, el hacer bien, y el engañar bien, ni aun en sueños se pierde...

————

Y la hora de su muerte llegó por fin. Todo el pueblo la veía llegar. Y fue su más grande lección. No quiso mo-

————

[47] *«Demonio de la guarda»* por contraposición al «ángel de la guarda» que, según la doctrina tradicional católica, tiene asignado cada uno de los hombres.

[48] Monólogo de Segismundo en la escena segunda de la primera jornada de *La vida es sueño* (verso 111 y sigs.).

rirse ni solo ni ocioso. Se murió predicando al pueblo, en el templo. Primero, antes de mandar que le llevasen a él, pues no podía ya moverse por la perlesía, nos llamó a su casa a Lázaro y a mí. Y allí, los tres a solas, nos dijo:

—Oíd: cuidad de estas pobres ovejas, que se consuelen de vivir, que crean lo que yo no he podido creer. Y tú, Lázaro, cuando hayas de morir, muere como yo, como morirá nuestra Ángela, en el seno de la Santa Madre Católica Apostólica Romana, de la Santa Madre Iglesia de Valverde de Lucerna, bien entendido. Y hasta nunca más ver, pues se acaba este sueño de la vida...

—¡Padre, padre! —gemí yo.

—No te aflijas, Ángela, y sigue rezando por todos los pecadores, por todos los nacidos. Y que sueñen, que sueñen. ¡Qué ganas tengo de dormir, dormir, dormir sin fin, dormir por toda una eternidad y sin soñar!, ¡olvidando el sueño! Cuando me entierren, que sea en una caja hecha con aquellas seis tablas que tallé del viejo nogal, ¡pobrecito!, a cuya sombra jugué de niño, cuando empezaba a soñar... ¡Y entonces sí que creía en la vida perdurable! Es decir, me figuro ahora que creía entonces. Para un niño creer no es más que soñar. Y para un pueblo. Esas seis tablas que tallé con mis propias manos, las encontraréis al pie de mi cama.

Le dio un ahogo y, repuesto de él, prosiguió:

—Recordaréis que cuando rezábamos todos en uno, en unanimidad de sentido, hechos pueblo, el Credo, al llegar al final yo me callaba. Cuando los israelitas iban llegando al fin de su peregrinación por el desierto, el Señor les dijo a Aarón y a Moisés que por no haberle creído no meterían a su pueblo en la tierra prometida, y les hizo subir al monte de Hor, donde Moisés hizo desnudar a Aarón, que allí murió, y luego subió Moisés desde las llanuras de Moab al monte Nebo, a la cumbre de Fasga, enfrente de Jericó, y el Señor le mostró toda la tierra prometida a su pueblo, pero diciéndole a él: «¡No pasarás allá!», y allí murió Moisés y nadie supo su sepultura [49]. Y dejó por caudillo a Josué. Sé tú, Lázaro, mi Josué, y si puedes detener el Sol, deténle, y no te importe del progreso [50]. Como Moisés, he conocido al Señor, nuestro supremo ensueño, cara a cara, y ya sabes que dice la Escritura que el que le ve la cara a Dios, que el que le ve al sueño los ojos de la cara con que nos mira, se muere sin remedio y para siempre [51]. Que no le vea, pues, la cara a Dios este nuestro pueblo mientras viva, que después de muerto ya no hay cuidado, pues no verá nada...

—¡Padre, padre, padre! —volví a gemir.

Y él:

—Tú, Ángela, reza siempre, sigue rezando para que los pecadores todos sueñen hasta morir la resurrección de la carne y la vida perdurable...

Yo esperaba un «¿y quién sabe...?», cuando le dio otro ahogo a Don Manuel.

—Y ahora —añadió—, ahora, en la hora de mi muerte, es hora de que hagáis que se me lleve, en este mismo sillón, a la iglesia para despedirme allí de mi pueblo, que me espera.

Se le llevó a la iglesia y se le puso, en el sillón, en el

---

[49]   Los relatos del castigo de Yahveh y de la muerte de Moisés se encuentran en *Números* 19, 28, y *Deuteronomio* 34, 1-7, respectivamente.

[50]   *Josué* 10, 12-14.

[51]   *Éxodo* 34, 18-23.

presbiterio, al pie del altar. Tenía entre sus manos un crucifijo. Mi hermano y yo nos pusimos junto a él, pero fue Blasillo el bobo quien más se arrimó. Quería coger de la mano a Don Manuel, besársela. Y como algunos trataran de impedírselo, Don Manuel les reprendió diciéndoles:

—Dejadle que se me acerque[52]. Ven, Blasillo, dame la mano.

El bobo lloraba de alegría. Y luego Don Manuel dijo:

—Muy pocas palabras, hijos míos, pues apenas me siento con fuerzas sino para morir. Y nada nuevo tengo que deciros. Ya os lo dije todo. Vivid en paz y contentos y esperando que todos nos veamos un día en la Valverde de Lucerna que hay allí, entre las estrellas de la noche que se reflejan en el lago, sobre la montaña. Y rezad, rezad a María Santísima, rezad a Nuestro Señor. Sed buenos, que esto basta. Perdonadme el mal que haya podido haceros sin quererlo y sin saberlo. Y ahora, después de que os dé mi bendición, rezad todos a una el Padrenuestro, el Ave María, la Salve, y por último el Credo.

Luego, con el crucifijo que tenía en la mano dio la bendición al pueblo, llorando las mujeres y los niños y no pocos hombres, y en seguida empezaron las oraciones, que Don Manuel oía en silencio y cogido de la mano por Blasillo, que al son del ruego se iba durmiendo. Primero el Padrenuestro con su «hágase tu vo-

---

[52]   Al fondo de la escena parece perfilarse la evangélica de Jesús con los niños; los discípulos trataban de impedir que se le acercasen y el Maestro les reprendió: «Dejad que los niños vengan a mí porque de ellos es el reino de los cielos. Y habiendo puesto las manos sobre ellos...» (*Mateo* 19, 14 y sigs.).

luntad así en la tierra como en el cielo», luego el Santa María con su «ruega por nosotros, pecadores, ahora y en la hora de nuestra muerte», a seguida la Salve con su «gimiendo y llorando en este valle de lágrimas», y por último el Credo. Y al llegar a la «resurrección de la carne y la vida perdurable», todo el pueblo sintió que su santo había entregado su alma a Dios. Y no hubo que cerrarle los ojos, porque se murió con ellos cerrados. Y al ir a despertar a Blasillo nos encontramos con que se había dormido en el Señor para siempre. Así que hubo luego que enterrar dos cuerpos.

El pueblo todo se fue en seguida a la casa del santo a recoger reliquias, a repartirse retazos de sus vestiduras [53], a llevarse lo que pudieran como reliquia y recuerdo del bendito mártir. Mi hermano guardó su breviario, entre cuyas hojas encontró, desecada y como en un herbario, una clavellina pegada a un papel y en éste una cruz con una fecha [54].

---

[53]   Parece excesivo ver, como M. Valdés pretende, un eco del reparto de los vestidos de Jesús que, tras su muerte, realizaron los soldados *(Mateo* 27, 35). Creo que se trata, simplemente, de la costumbre de trocear ropas de los santos como pequeñas reliquias adheridas a estampas y otros recuerdos.

[54]   A. Rodríguez y W. M. Rosenthal sugieren el parentesco de esta clavellina con el *Memorial* de Pascal, «el papelito (con cruz y fecha) que se le halló cosido en la ropa a su muerte, y cuya exaltada expresión de fe —una descarga emocional que discrepa, naturalmente, del orden racional que caracteriza al escritor en su vida y en su obra— señala su segunda conversión». Pero ¿qué recordaría, en este caso, la fecha ligada a la *clavellina desecada y como en un herbario?:* ¿La de una conversión efímera o la de la pérdida de la fe? («Una nota al *San Manuel Bueno, mártir*», *Hispanic Review,* 34 [1966], págs. 338-341).

Nadie en el pueblo quiso creer en la muerte de Don Manuel; todos esperaban verle a diario, y acaso le veían, pasar a lo largo del lago y espejado en él o teniendo por fondo las montañas; todos seguían oyendo su voz, y todos acudían a su sepultura, en torno a la cual surgió todo un culto. Las endemoniadas venían ahora a tocar la cruz de nogal, hecha también por sus manos y sacada del mismo árbol de donde sacó las seis tablas en que fue enterrado. Y los que menos queríamos creer que se hubiese muerto éramos mi hermano y yo.

Él, Lázaro, continuaba la tradición del santo y empezó a redactar lo que le había oído, notas de que me he servido para esta mi memoria.

—Él me hizo un hombre nuevo, un verdadero Lázaro, un resucitado —me decía—. Él me dio fe.

—¿Fe? —le interrumpía yo.

—Sí, fe, fe en el consuelo de la vida, fe en el contento de la vida. Él me curó de mi progresismo. Porque hay, Ángela, dos clases de hombres peligrosos y nocivos: los que convencidos de la vida de ultratumba, de la resurrección de la carne, atormentan, como inquisidores que son, a los demás para que, despreciando esta vida como transitoria, se ganen la otra, y los que no creyendo más que en éste...

—Como acaso tú... —le decía yo.

—Y sí, y como Don Manuel. Pero no creyendo más que en este mundo, esperan no sé qué sociedad futura, y se esfuerzan en negarle al pueblo el consuelo de creer en otro...

—De modo que...

—De modo que hay que hacer que vivan de la ilusión.

El pobre cura que llegó a sustituir a Don Manuel en el curato entró en Valverde de Lucerna abrumado por el recuerdo del santo y se entregó a mi hermano y a mí para que le guiásemos. No quería sino seguir las huellas del santo. Y mi hermano le decía: «Poca teología, ¿eh?, poca teología; religión, religión»[55]. Y yo al oírselo me sonreía pensando si es que no era también teología lo nuestro.

Yo empecé entonces a temer por mi pobre hermano. Desde que se nos murió Don Manuel no cabía decir que viviese. Visitaba a diario su tumba y se pasaba horas muertas contemplando el lago. Sentía morriña de la paz verdadera.

—No mires tanto al lago —le decía yo.

—No, hermana, no temas. Es otro el lago que me llama; es otra la montaña. No puedo vivir sin él.

—¿Y el contento de vivir, Lázaro, el contento de vivir?

—Eso para otros pecadores, no para nosotros, que le

---

[55] En el ensayo *Del sentimiento trágico de la vida,* siguiendo a Harnack, para quien la labor del Concilio niceno representaba «un triunfo del sacerdocio sobre la fe del pueblo cristiano», Unamuno sugiere que el sacerdocio se instituyó, entre otras cosas, «para que la Iglesia docente fuese la depositaria, depósito más que río [...] de los secretos teológicos». Para aceptar plenamente los dogmas, es a veces preciso, según don Miguel, pasar por encima de la ciencia: «para eso está la fe implícita, la fe del carbonero, la de los que, como Santa Teresa *(Vida,* cap. XXV, 2), no quieren aprovecharse de teología» (ed. cit., pág. 83). En esa línea se sitúa la recomendación de Lázaro al nuevo cura: al pueblo no hay que darle disquisiciones problematizadoras, sino religiosidad viva.

hemos visto la cara a Dios, a quienes nos ha mirado
con sus ojos el sueño de la vida.

—¿Qué, te preparas a ir a ver a Don Manuel?

—No, hermana, no; ahora y aquí en casa, entre nosotros solos, toda la verdad por amarga que sea,
amarga como el mar a que van a parar las aguas de este
dulce lago, toda la verdad para ti, que estás abroque-
lada contra ella...

—¡No, no, Lázaro; esa no es la verdad!

—La mía, sí.

—La tuya, ¿pero y la de...?

—También la de él.

—¡Ahora no, Lázaro; ahora no! Ahora cree otra
cosa, ahora cree...

—Mira, Ángela, una de las veces en que al decirme
Don Manuel que hay cosas que aunque se las diga uno
a sí mismo debe callárselas a los demás, le repliqué que
me decía eso por decírselas a él, esas mismas, a sí
mismo, y acabó confesándome que creía que más de
uno de los más grandes santos, acaso el mayor, había
muerto sin creer en la otra vida[56].

—¿Es posible?

—¡Y tan posible! Y ahora, hermana, cuida que no
sospechen siquiera aquí, en el pueblo, nuestro secreto...

—¿Sospecharlo? —le dije—. Si intentase, por lo-

---

[56] Se refiere a San Pablo. Según don Miguel, fue él, «aquel judío fariseo helenizado», el que construyó la teoría cristiana de la
inmortalidad: «Pablo no había conocido personalmente a Jesús, y
por eso le descubrió como Cristo... No conoció a Jesús, pero lo sintió renacer en sí, y pudo decir aquello de "no vivo en mí mismo,
sino en Cristo"». Sobre esa experiencia íntima se alzó el dogma.

cura, explicárselo, no lo entenderían. El pueblo no entiende de palabras; el pueblo no ha entendido más que vuestras obras. Querer exponerles eso sería como leer a unos niños de ocho años unas páginas de Santo Tomás de Aquino... en latín.

—Bueno, pues cuando yo me vaya, reza por mí y por él y por todos.

Y por fin le llegó también su hora. Una enfermedad que iba minando su robusta naturaleza pareció exacerbársele con la muerte de Don Manuel.

—No siento tanto tener que morir —me decía en sus últimos días—, como que conmigo se muere otro pedazo del alma de Don Manuel. Pero lo demás de él vivirá contigo. Hasta que un día hasta los muertos nos moriremos del todo.

Cuando se hallaba agonizando entraron, como se acostumbra en nuestras aldeas, los del pueblo a verle agonizar, y encomendaban su alma a Don Manuel, a San Manuel Bueno, el mártir. Mi hermano no les dijo nada, no tenía ya nada que decirles; les dejaba dicho todo, todo lo que queda dicho. Era otra laña más entre las dos Valverdes de Lucerna, la del fondo del lago y la que en su sobrehaz se mira; era ya uno de nuestros muertos de vida, uno también, a su modo, de nuestros santos.

Quedé más que desolada, pero en mi pueblo y con mi pueblo. Y ahora, al haber perdido a mi San Manuel, al padre de mi alma, y a mi Lázaro, mi hermano aún más que carnal, espiritual, ahora es cuando me doy cuenta de que he envejecido y de cómo he envejecido.

Pero ¿es que los he perdido?, ¿es que he envejecido?, ¿es que me acerco a mi muerte?

¡Hay que vivir! Y él me enseñó a vivir, él nos enseñó a vivir, a sentir la vida, a sentir el sentido de la vida, a sumergirnos en el alma de la montaña, en el alma del lago, en el alma del pueblo de la aldea, a perdernos en ellas para quedar en ellas. Él me enseñó con su vida a perderme en la vida del pueblo de mi aldea, y no sentía yo más pasar las horas, y los días y los años, que no sentía pasar el agua del lago. Me parecía como si mi vida hubiese de ser siempre igual. No me sentía envejecer. No vivía yo ya en mí, sino que vivía en mi pueblo y mi pueblo vivía en mí[57]. Yo quería decir lo que ellos, los míos, decían sin querer. Salía a la calle, que era la carretera, y como conocía a todos, vivía en ellos y me olvidaba de mí, mientras que en Madrid, donde estuve alguna vez con mi hermano, como a nadie conocía, sentíame en terrible soledad y torturada por tantos desconocidos.

Y ahora, al escribir esta memoria, esta confesión íntima de mi experiencia de la santidad ajena, creo que Don Manuel Bueno, que mi San Manuel y que mi hermano Lázaro se murieron creyendo no creer lo que más nos interesa, pero sin creer creerlo, creyéndolo en una desolación activa y resignada.

Pero ¿por qué —me he preguntado muchas veces— no trató Don Manuel de convertir a mi hermano tam-

---

[57] Ángela se apropia de las palabras de San Pablo: «Vivo yo, pero no soy yo quien vivo; es Cristo quien vive en mí» (*Gálatas* 2, 20). Por boca de ella enuncia Unamuno su idea de la fusión identificadora entre pueblo y persona.

bién con un engaño, con una mentira, fingiéndose creyente sin serlo? Y he comprendido que fue porque comprendió que no le engañaría, que para con él no le serviría el engaño, que sólo con la verdad, con su verdad, le convertiría; que no habría conseguido nada si hubiese pretendido representar para con él una comedia —tragedia más bien—, la que representaba para salvar al pueblo. Y así le ganó, en efecto, para su piadoso fraude; así le ganó con la verdad de muerte a la razón de vida. Y así me ganó a mí, que nunca dejé transparentar a los otros su divino, su santísimo juego. Y es que creía y creo que Dios Nuestro Señor, por no sé qué sagrados y no escrudiñaderos designios, les hizo creerse incrédulos. Y que acaso en el acabamiento de su tránsito se les cayó la venda. ¿Y yo, creo?

Y al escribir esto ahora, aquí, en mi vieja casa materna, a mis más que cincuenta años, cuando empiezan a blanquear con mi cabeza mis recuerdos, está nevando, nevando sobre el lago, nevando sobre la montaña, nevando sobre las memorias de mi padre, el forastero; de mi madre, de mi hermano Lázaro, de mi pueblo, de mi San Manuel, y también sobre la memoria del pobre Blasillo, de mi San Blasillo, y que él me ampare desde el cielo. Y esta nieve borra esquinas y borra sombras, pues hasta de noche la nieve alumbra. Y yo no sé lo que es verdad y lo que es mentira, ni lo que vi y lo que soñé —o mejor lo que soñé y lo que sólo vi—, ni lo que supe ni lo que creí. No sé si estoy traspasando a este papel, tan blanco como la nieve, mi conciencia que en él se ha de quedar, quedándome yo sin ella. ¿Para qué tenerla ya...?

¿Es que sé algo?, ¿es que creo algo? ¿Es que esto que estoy aquí contando ha pasado y ha pasado tal y como lo cuento? ¿Es que pueden pasar estas cosas? ¿Es que todo esto es más que un sueño soñado dentro de otro sueño? ¿Seré yo, Ángela Carballino, hoy cincuentona, la única persona que en esta aldea se ve acometida de estos pensamientos extraños para los demás? ¿Y éstos, los otros, los que me rodean, creen? ¿Qué es eso de creer? Por lo menos, viven. Y ahora creen en San Manuel Bueno, mártir, que sin esperar inmortalidad les mantuvo en la esperanza de ella.

Parece que el ilustrísimo señor obispo, el que ha promovido el proceso de beatificación de nuestro santo de Valverde de Lucerna, se propone escribir su vida, una especie de manual del perfecto párroco, y recoge para ello toda clase de noticias. A mí me las ha pedido con insistencia, ha tenido entrevistas conmigo, le he dado toda clase de datos, pero me he callado siempre el secreto trágico de Don Manuel y de mi hermano. Y es curioso que él no lo haya sospechado. Y confío en que no llegue a su conocimiento todo lo que en esta memoria dejo consignado. Les temo a las autoridades de la tierra, a las autoridades temporales, aunque sean las de la Iglesia.

Pero aquí queda esto, y sea de su suerte lo que fuere.

¿Cómo vino a parar a mis manos este documento, esta memoria de Ángela Carballino? He aquí algo, lector, algo que debo guardar en secreto. Te la doy tal y como a mí ha llegado, sin más que corregir pocas, muy pocas particularidades de redacción. ¿Que se parece mucho a otras cosas que yo he escrito? Esto nada prueba contra su objetividad, su originalidad. ¿Y sé yo, además, si no he creado fuera de mí seres reales y efectivos, de alma inmortal? ¿Sé yo si aquel Augusto Pérez, el de mi novela *Niebla,* no tenía razón al pretender ser más real, más objetivo que yo mismo, que creía haberle inventado? De la realidad de este San Manuel Bueno, mártir, tal como me la ha revelado su discípula e hija espiritual Ángela Carballino, de esta realidad no se me ocurre dudar. Creo en ella más que creía el mismo santo; creo en ella más que creo en mi propia realidad.

Y ahora, antes de cerrar este epílogo, quiero recordarte, lector paciente, el versillo noveno de la Epístola del olvidado apóstol San Judas —¡lo que hace un nombre!—, donde se nos dice cómo mi celestial patrono, San Miguel Arcángel —Miguel quiere decir «¿Quién como Dios?», y arcángel, archimensajero—, disputó con el diablo —diablo quiere decir acusador, fiscal— por el cuerpo de Moisés y no toleró que se lo llevase en juicio de maldición, sino que le dijo al diablo: «El Señor te reprenda». Y el que quiera entender que entienda [58].

Quiero también, ya que Ángela Carballino mezcló a su relato sus propios sentimientos, ni sé que otra cosa

---

[58] *«El que pueda entender que entienda»* es lo que dijo Cristo *(Mateo* 19, 12) al hablar de los que se castran a sí mismos y se hacen eunucos por el reino de los cielos. Apropiándose de este dicho y aplicándolo al caso de Ángela Carballino, de su hermano Lázaro y de Don Manuel, lo que el novelista sugiere es que en un juicio sobre Don Manuel, San Miguel Arcángel lo defendería como defendió el cuerpo de Moisés.

quepa, comentar yo aquí lo que ella dejó dicho de que si Don Manuel y su discípulo Lázaro hubiesen confesado al pueblo su estado de creencia, éste, el pueblo, no les habría entendido. Ni les habría creído, añado yo. Habrían creído a sus obras y no a sus palabras, porque las palabras no sirven para apoyar las obras, sino que las obras se bastan. Y para un pueblo como el de Valverde de Lucerna no hay más confesión que la conducta. Ni sabe el pueblo qué cosa es fe, ni acaso le importa mucho.

Bien sé que en lo que se cuenta en este relato, si se quiere novelesco —y la novela es la más íntima historia, la más verdadera, por lo que no me explico que haya quien se indigne de que se llame novela al Evangelio, lo que es elevarle, en realidad, sobre un cronicón cualquiera—, bien sé que en lo que se cuenta en este relato no pasa nada; mas espero que sea porque en ello todo se queda, como se quedan los lagos y las montañas y las santas almas sencillas asentadas más allá de la fe y de la desesperación, que en ellos, en los lagos y las montañas, fuera de la historia, en divina novela, se cobijaron.

Salamanca, noviembre de 1930.

Miguel de Unamuno

APÉNDICE

por Óscar Barrero Pérez

CUADRO CRONOLÓGICO

AÑO	VIDA Y OBRA DE MIGUEL DE UNAMUNO	ACONTECIMIENTOS HISTÓRICOS	ACONTECIMIENTOS CULTURALES
1864	Nace en Bilbao, el 29 de septiembre.	El papa Pío IX condena en el *Sylabus* la actitud anticlerical del liberalismo de la época.	E. Rosales, *El testamento de Isabel la Católica*. L. Tolstoi, *Guerra y paz*. G. A. Bécquer, *Desde mi celda*. J. Offenbach, *La bella Elena*.
1870	Muere su padre.	Consecución de la unidad de Italia. Amadeo I, Rey de España. Asesinato del jefe de Gobierno, Juan Prim.	H. Schliemann descubre los restos de Troya. J. Verne, *De la Tierra a la Luna*. B. Pérez Galdós, *La fontana de oro*. R. Wagner, *Las walkirias*. L. Delibes, *Coppelia*.
1875	Ingresa como alumno en el Instituto Vizcaíno.	Proclamación de la III República francesa.	Descubrimiento de las cuevas de Altamira. P. A. de Alarcón, *El escándalo*. G. Bizet, *Carmen*.
1880	Tras su obtención del título de bachiller se traslada a Madrid para iniciar sus estudios universitarios. Escribe su primer artículo periodístico.	Eberth descubre el bacilo del tifus. Se instalan en España las primeras centrales telefónicas.	A. Rodin, *El pensador*. F. Dostoievski, *Los hermanos Karamazov*. M. Menéndez Pelayo, primera parte de *Historia de los heterodoxos españoles*. A. Borodin, *En las estepas de Asia Central*.
1883	Se licencia en Filosofía y Letras.	Daimler da a conocer el motor de explosión.	R. L. Stevenson, *La isla del tesoro*. E. Pardo Bazán, *La tribuna*. A. Gaudí, continuación de las obras de la Sagrada Familia de Barcelona. W. Le Baron Jonney erige el primer rascacielos en Chicago.

AÑO	VIDA Y OBRA DE MIGUEL DE UNAMUNO	ACONTECIMIENTOS HISTÓRICOS	ACONTECIMIENTOS CULTURALES
1884	Se doctora con una tesis titulada *Crítica del problema sobre el origen y prehistoria de la raza vasca.* Regresa a su ciudad natal.	Mergenthaler construye la primera linotipia.	A. Renoir, *Bañistas.* V. van Gogh, *Naturaleza muerta.* L. Alas *Clarín,* primer tomo de *La Regenta.* R. de Castro, *En las orillas del Sar.* A. Bruckner, *Séptima sinfonía.* J. Massenet, *Manon.*
1885	Desde este año ejerce como profesor de diferentes disciplinas en varios institutos bilbaínos.	Muere Alfonso XII: comienza la regencia de María Cristina.	H. James, *Las bostonianas.* M. Twain, *Las aventuras de Huckleberry Finn.* J. Brahms, *Cuarta sinfonía.*
1888	Prepara oposiciones a la cátedra de Psicología, Lógica y Ética del Instituto Bilbaíno. No le es concedida la de vascuence del Instituto Vizcaíno.	Isaac Peral realiza la primera prueba de su submarino.	P. Gauguin, *Visión después del sermón.* A. Strindberg, *La señorita Julia.* R. Darío, *Azul.* N. Rimski-Korsakov, *Scherezade.*
1889	Primer viaje fuera de España, a Italia y Francia.	Fundación de la Segunda Internacional.	É. Zola, *La bestia humana.* A. Palacio Valdés, *La hermana San Sulpicio.* G. Mahler, *Primera sinfonía, «Titán».* Construcción de la Torre Eiffel.
1891	Contrae matrimonio con Concha Lizárraga. Gana la cátedra de Griego en la Universidad de Salamanca.	León XIII promulga la encíclica *Rerum Novarum.* Se encuentran en Java los primeros restos del *Pithecanthropus erectus.*	Toulouse-Lautrec elabora su primer cartel: *La Goulue.* F. Nietzsche, *Así habló Zaratustra.* O. Wilde, *El retrato de Dorian Gray.* L. Coloma, *Pequeñeces.*

AÑO	VIDA Y OBRA DE MIGUEL DE UNAMUNO	ACONTECIMIENTOS HISTÓRICOS	ACONTECIMIENTOS CULTURALES
1892	Nace su primer hijo: Fernando.	El liberal Mateo Sagasta sustituye al conservador A. Cánovas del Castillo en la jefatura del Gobierno español.	C. Monet inicia su serie *Las catedrales*. A. Conan Doyle, *Las aventuras de Sherlock Holmes*. P. I. Chaikovski, *El cascanueces* y *Sexta sinfonía, «Patética»*.
1894	Nace su segundo hijo: Pablo. Ingresa en el Partido Socialista.	Estalla en Francia el escándalo Dreyfus. Guerra chino-japonesa.	H. Rousseau, *La guerra*. R. Kipling, *El libro de la selva*. G. B. Shaw, *La profesión de la señora Warren*. J. M.ª de Pereda, *Peñas arriba*. C. Debussy, *Preludio a la siesta de un fauno*.
1895	*En torno al casticismo* (ensayos recogidos en libro en 1902).	W. K. Roentgen descubre los rayos X. Insurrección independentista en Cuba, inicio del llamado *desastre del 98*.	J. Sorolla, *Y aún dicen que el pescado es caro*. J. Valera, *Juanita la Larga*. J. Dicenta, *Juan José*. Filmación de la primera película: *Salida de las fábricas Lumière*.
1896	Nace su tercer hijo, Raimundo Jenaro, que tras un ataque de meningitis desarrolla una hidrocefalia que lo llevará a la muerte en 1902.	Insurrección independentista en Filipinas. Celebración de los primeros Juegos Olímpicos de la era moderna.	H. Sienkiewicz, *Quo vadis?* A. Jarry, *Ubú rey*. A. Guimerá, *Terra baixa*. R. Strauss, *Así habló Zaratustra*. G. Puccini, *La Boheme*.
1897	Abandona el Partido Socialista. Crisis espiritual, decisiva en la evolución de su pensamiento. *Paz en la guerra*.	Encíclica *Aeterni Patris*. Asesinato de Cánovas del Castillo. Guglielmo Marconi realiza la primera transmisión de radio.	A. Chejov, *El tío Vania*. Á. Ganivet, *Ideárium español*. P. Dukas, *El aprendiz de brujo*. R. Chapí, *La revoltosa*. F. Chueca, *Agua, azucarillos y aguardiente*.

AÑO	VIDA Y OBRA DE MIGUEL DE UNAMUNO	ACONTECIMIENTOS HISTÓRICOS	ACONTECIMIENTOS CULTURALES
1899	*De la enseñanza superior en España.*	En Sudáfrica se inicia la guerra de los bóers.	J. Costa, *El problema nacional.* A. Schönberg, *La noche transfigurada.*
1900	Es nombrado rector de la Universidad de Salamanca. Nace su cuarto hijo: José. *Tres ensayos.*	Guerra de los *bóxers* en China. Max Planck formula su teoría cuántica. Ferdinand von Zeppelin hace volar su aeróstato.	Triunfo del *art nouveau.* E. Munch, *El baile de la vida.* S. Freud, *La interpretación de los sueños.* J. Conrad, *Lord Jim.* J. de Echegaray, *El loco Dios.*
1902	Nace su primera hija: María. *Amor y pedagogía. Paisajes.*	Proclamación como Rey de Alfonso XIII al alcanzar su mayoría de edad.	A. Gide, *El inmoralista.* Azorín, *La voluntad.* V. Blasco Ibáñez, *Cañas y barro.* G. Méliès, *El viaje a la Luna.*
1903	*De mi país.*	Pío X, nuevo Papa. Los hermanos Wright realizan el primer vuelo controlado.	A. Machado, *Soledades.* E. Howard construye la primera ciudad-jardín.
1905	Nace un nuevo hijo, que en recuerdo del fallecido se llamará Raimundo. *Vida de Don Quijote y Sancho.*	Albert Einstein enuncia su teoría de la relatividad restringida.	El grupo *fauvista* expone por primera vez en París. Se constituye el grupo pictórico expresionista *El Puente.* F. Lehár, *La viuda alegre.*
1907	*Poesías.*	Francia, Gran Bretaña y Rusia firman la Triple Entente.	Creación de la Junta para Ampliación de Estudios. P. Picasso, *Las señoritas de Aviñón.* M. Gorki, *La madre.* J. Benavente, *Los intereses creados.*

AÑO	VIDA Y OBRA DE MIGUEL DE UNAMUNO	ACONTECIMIENTOS HISTÓRICOS	ACONTECIMIENTOS CULTURALES
1908	Muere su madre. *Recuerdos de niñez y de mocedad.*	Se instala en Estados Unidos la primera cadena de montaje para la fabricación del modelo automovilístico *T.*	Se utiliza por primera vez el término *cubista* para referirse al nuevo estilo pictórico. G. K. Chesterton, *El hombre que fue jueves.* R. Menéndez Pidal inicia su edición del *Cantar de Mío Cid.*
1909	Estreno de *La esfinge.*	L. Blériot cruza en avión el Canal de la Mancha. Semana Trágica de Barcelona.	F. T. Marinetti avanza el manifiesto futurista. J. London, *Martin Eden.* L. Lugones, *Lunario sentimental.* S. Rachmaninov, *Concierto n.º 3 para piano y orquesta.*
1910	Nace el último hijo: Ramón. *Mi religión y otros ensayos breves.* Estreno de *La difunta.*	Construcción del primer motor Diesel.	Se acuña el término *expresionismo.* Inauguración en Madrid de la Residencia de Estudiantes. G. Miró, *Las cerezas del cementerio.* V. Lleó, *La corte del faraón.*
1911	*Una historia de amor; Rosario de sonetos líricos; Por tierras de Portugal y de España; Soliloquios y conversaciones.*	Fin del Imperio chino e instauración de la república. E. Rutherford, fundador de la física nuclear, propone su modelo nuclear del átomo.	Formación del grupo pictórico expresionista *El Jinete Azul.* Baroja, *Las inquietudes de Shanti Andía* y *El árbol de la ciencia.* M. Ravel, *Dafnis y Cloe.*
1912	*Contra esto y aquello; El porvenir de España* (correspondencia entre Unamuno y Ganivet).	Naufragio del *Titanic.* Asesinato del jefe del Gobierno español, José Canalejas.	J. Gris, *Retrato de Picasso.* D. H. Lawrence, *Hijos y amantes.* W. Gropius, *Fábrica Fagus.* E. R. Burroughs crea el personaje de Tarzán.

AÑO	VIDA Y OBRA DE MIGUEL DE UNAMUNO	ACONTECIMIENTOS HISTÓRICOS	ACONTECIMIENTOS CULTURALES
1913	*Del sentimiento trágico de la vida en los hombres y en los pueblos; El espejo de la muerte; La venda; La princesa doña Lambra.*	Estalla la segunda guerra balcánica.	M. Chagall, *París a través de la ventana.* M. Proust, *Por el camino de Swann.* R. Pérez de Ayala, *Troteras y danzaderas.* Estreno de *La consagración de la primavera*, de Stravinski.
1914	Es destituido de su cargo de rector. La junta de la Facultad de Letras acuerda su nombramiento como decano, nombramiento que rechaza. *Niebla.*	Estalla la Primera Guerra Mundial. Benedicto XV, nuevo Papa. Se inaugura el Canal de Panamá. A. Low presenta un aparato al que llama *televisión.*	O. Kokoschka, *La novia y el viento.* C. Espina, *La esfinge maragata.* B. Tant, *Pabellón de Cristal de la Exposición de Colonia.*
1915	Acepta su presentación como candidato a concejal del Ayuntamiento salmantino; no resultará elegido.	A. Einstein formula la teoría de la relatividad generalizada.	Formación de la *escuela metafísica*, encabezada por G. de Chirico. F. Kafka, *La metamorfosis.* J. Sibelius, *Quinta sinfonía.*
1916	La Residencia de Estudiantes inicia la publicación (concluida en 1918) de varios tomos de sus *Ensayos.* *Nada menos que todo un hombre.*	Sublevación en Irlanda contra el dominio británico.	Nacimiento del dadaísmo. C. Arniches, *La señorita de Trevélez.* M. de Falla, *Noches en los jardines de España.* D. W. Griffith, *Intolerancia.*
1917	Es elegido concejal del Ayuntamiento de Salamanca. *Abel Sánchez.*	Triunfo en Rusia de la Revolución, tras el derrocamiento del Imperio zarista. Apariciones de la Virgen en Fátima.	M. Duchamp, *Fuente.* J. R. Jiménez, *Platero y yo.* R. Gómez de la Serna, edición en libro de *Greguerías.* O. Respighi, *Las fuentes de Roma.* E. Satie, *Parade.*

AÑO	VIDA Y OBRA DE MIGUEL DE UNAMUNO	ACONTECIMIENTOS HISTÓRICOS	ACONTECIMIENTOS CULTURALES
1918		Termina la Primera Guerra Mundial.	T. Tzara, *Manifiesto Dadá*. Nacimiento del ultraísmo. G. Apollinaire, *Caligramas*. Formación en Francia del grupo musical de Los Seis. G. Holst, *Los planetas*.
1920	Un artículo antimonárquico le cuesta una condena teórica a varios años de cárcel. Grupos de izquierda lo designan candidato a diputado, pero es derrotado. *El Cristo de Velázquez; Tulio Montalbán y Julio Macedo; Tres novelas ejemplares y un prólogo*.	Entra en vigor el Tratado de Versalles.	V. Tatlin, *Monumento a la Tercera Internacional*, ejemplo cimero de escultura constructivista. P. Valéry, *El cementerio marino*. R. M.ª del Valle-Inclán, *Divinas palabras y Luces de bohemia*. D. Milhaud, *El buey sobre el tejado*. R. Wiene, *El gabinete del doctor Caligari*.
1921	Es nombrado decano de la Facultad de Letras. *La tía Tula;* estreno de *La venda* y de *El pasado que vuelve*.	Desastre de Annual. Asesinato del jefe del Gobierno español, Eduardo Dato.	L. Pirandello, *Seis personajes en busca de autor*. E. Pound, *Cantos*. E. Mendelsohn, *Torre de Einstein* en Potsdam, ejemplo del expresionismo arquitectónico.
1922	El claustro lo elige vicerrector de la Facultad de Letras. *Andanzas y visiones españolas; Sensaciones de Bilbao*.	Pío XI, nuevo Papa. Tras la *marcha sobre Roma* de sus seguidores, Mussolini se convierte en jefe del Gobierno italiano. Descubrimiento del radar.	H. Carter descubre la tumba de Tutankamón. P. Klee, *Lugar golpeado*. J. Benavente, premio Nobel de Literatura. J. Joyce, *Ulises*. C. Vallejo, *Trilce*. F. W. Murnau, *Nosferatu, el vampiro*. Nace el *jazz*.

AÑO	VIDA Y OBRA DE MIGUEL DE UNAMUNO	ACONTECIMIENTOS HISTÓRICOS	ACONTECIMIENTOS CULTURALES
1923	Dimite de sus cargos de vicerrector y decano, pero es confirmado en ambos puestos. *Rimas de dentro;* estreno de *El pasado que vuelve.*	Pronunciamiento del general Miguel Primo de Rivera, al que Alfonso XIII encarga la formación del Gobierno.	R. M.ª Rilke, *Elegías de Duino.* J. Ortega y Gasset funda la *Revista de Occidente.* D. Alonso, *Poemas puros. Poemillas de la ciudad.* A. Vives, *Doña Francisquita.* S. M. Eisenstein, *El acorazado Potemkin.*
1924	Sus críticas al Directorio le cuestan un auto de procesamiento, la destitución de sus cargos universitarios y el destierro a la isla de Fuerteventura, de donde huye a París. *Teresa; Rimas de un poeta desconocido*	J. B. Watson formula su teoría conductista del comportamiento humano. L. de Broglie descubre la mecánica ondulatoria.	A. Breton, *Manifiesto del surrealismo.* K. Malevich, *Manifiesto suprematista.* T. Mann, *La montaña mágica.* G. Diego, *Manual de espumas.* P. Neruda, *Veinte poemas de amor y una canción desesperada.* Arthur Honegger, *Pacific 231.*
1925	*De Fuerteventura a París; La agonía del cristianismo* (ensayo en francés publicado en español en 1931).	Primer Gobierno civil de Primo de Rivera. W. Heisenberg y N. Bohr enuncian los principios de la mecánica cuántica.	J. Miró, *Carnaval de Arlequín.* J. Dos Passos, *Manhattan Transfer.* J. Ortega y Gasset, *La deshumanización del arte.* R. Alberti, *Marinero en tierra.* S. Prokofiev, *Romeo y Julieta.* A. Berg, *Wozzeck.*
1926	Estreno de *Raquel encadenada.*	Implantación de regímenes autoritarios en Polonia, Grecia y Portugal, sumándose a los ya existentes en España e Italia.	Se constituye el Círculo Lingüístico de Praga. B. Jarnés, *El profesor inútil.* R. Güiraldes, *Don Segundo Sombra.* Z. Kodály, *Háry János.* A. Crosland, *Don Juan,* primera película sonora.

AÑO	VIDA Y OBRA DE MIGUEL DE UNAMUNO	ACONTECIMIENTOS HISTÓRICOS	ACONTECIMIENTOS CULTURALES
1927	*Cómo se hace una novela* (ensayo aparecido el año anterior en francés).	Pacificación de Marruecos. Ch. Lindbergh atraviesa el Atlántico en avión.	M. Ernst, *El joven príncipe*. M. Heidegger, *Ser y tiempo*. H. Hesse, *El lobo estepario*. A. Gance, *Napoleón*.
1928	*Romancero del destierro*. Comienza a escribir las poesías de su *Cancionero*, no publicado hasta 1953.	A. Fleming descubre la penicilina. J. L. Baird realiza en Londres la primera transmisión de televisión en color.	R. Magritte, *Falso espejo*. B. Brecht, *La ópera de perra gorda* (o *de dos centavos*). J. Guillén, *Cántico*. G. Gershwin, *Un americano en París*. C. Th. Dreyer, *La pasión de Juana de Arco*.
1930	Regresa a España. Visita el lago de Sanabria, origen de la ambientación de SAN MANUEL BUENO, MÁRTIR. *Dos artículos y dos discursos;* estreno de *Sombras de sueño;* adaptación de *Tulio Montalbán y Julio Macedo*.	Encíclica *Quadragesimo Anno*. Descubrimiento del planeta Plutón. Dimisión de Primo de Rivera.	R. Musil, primer tomo de *El hombre sin atributos*. M. Á. Asturias, *Leyendas de Guatemala*. J. von Sternberg, *El ángel azul*. Le Corbusier, *Villa Saboya*, ejemplo cimero del racionalismo arquitectónico.
1931	Se presenta como candidato en las elecciones municipales. Es propuesto como alcalde-presidente honorario del Ayuntamiento de Salamanca y elegido rector de la Universidad salmantina. Se le designa presidente del Consejo de Instrucción Pública y es elegido diputado de las Cortes constituyentes. SAN MANUEL BUENO, MÁRTIR.	Proclamación de la República española, cuyos partidarios habían triunfado en las capitales de provincia en unas elecciones municipales. Alfonso XIII abandona España.	S. Dalí, *La persistencia de la memoria*. P. Gargallo, *El profeta*. W. Faulkner, *Santuario*. F. García Lorca, *Bodas de sangre*. E. Varèse, *Ionización*. Inauguración del *Empire State* de Nueva York, entonces el edificio más alto del mundo.

AÑO	VIDA Y OBRA DE MIGUEL DE UNAMUNO	ACONTECIMIENTOS HISTÓRICOS	ACONTECIMIENTOS CULTURALES
1932	La Academia de la Lengua lo designa miembro de la corporación, aunque nunca llegará a tomar posesión. Dimite como presidente del Consejo de Instrucción Pública. Estreno de *El otro*.	Éxito del nacionalsocialismo en Alemania. J. Chadwick descubre el neutrón.	A. Giacometti, *Mujer degollada*. J. González, *Mujer peinándose*. A. Huxley, *Un mundo feliz*. E. Jardiel Poncela, *La «tournée» de Dios*. F. Moreno Torroba, *Luisa Fernanda*.
1933	SAN MANUEL BUENO, MÁRTIR, *y tres historias más*. Estreno de *Medea*.	Adolf Hitler asume el poder en Alemania. Fundación de Falange Española por J. A. Primo de Rivera.	A. Malraux, *La condición humana*. P. Salinas, *La voz a ti debida*. J. M.ª Pemán, *El divino impaciente*. Nace el personaje de tebeo Flash Gordon.
1934	Doctor *honoris causa* por la Universidad de Grenoble. Es nombrado rector vitalicio de la de Salamanca. Muere su esposa. Expone su última lección como profesor.	El centroderecha accede al Gobierno de España, tras su victoria en las elecciones del año anterior.	R. Graves, *Yo, Claudio*. R. de Maeztu, *Defensa de la Hispanidad*. M. Hernández, *Perito en lunas*. J. Icaza, *Huasipungo*. R. Clair, *El último millonario*.
1935	Recibe al fundador de Falange Española, J. A. Primo de Rivera. El Consejo de Ministros lo nombra *ciudadano de honor*. Se le propone para el premio Nobel de Literatura. Doctor *honoris causa* por la Universidad de Oxford.	El pacto francosoviético y la exclusión de Alemania en una reunión internacional de alto nivel provocan el recelo germano: Europa se encamina hacia la guerra.	T. S. Eliot, *Asesinato en la catedral*. V. Aleixandre, *La destrucción o el amor*. L. Rosales, *Abril*. J. Ford, *El delator*. E. Torroja, *Hipódromo de la Zarzuela*.

AÑO	VIDA Y OBRA DE MIGUEL DE UNAMUNO	ACONTECIMIENTOS HISTÓRICOS	ACONTECIMIENTOS CULTURALES
1936	Estreno de *El hermano Juan o El mundo es teatro*. Proclama su apoyo al Alzamiento Nacional, por lo que el Gobierno republicano lo destituye de sus cargos públicos, en los que es confirmado por el nacionalista. A propuesta del claustro de la Universidad de Salamanca, es cesado después de su enfrentamiento con el general Millán Astray. Muere en Salamanca, el 31 de diciembre.	Triunfo del izquierdista Frente Popular en las elecciones, y consiguiente estallido de la guerra civil española. En la zona nacional, F. Franco es designado Jefe del Estado.	E. Mounier, *Manifiesto al servicio del personalismo*. G. Bernanos, *Diario de un cura rural*. L. Cernuda, *La realidad y el deseo*. B. Bartók, *Música para cuerdas, percusión y celesta*. Ch. Chaplin, *Tiempos modernos*.

DOCUMENTACIÓN COMPLEMENTARIA

1. EL SUEÑO Y EL SUICIDIO

La conversación que mantienen Miguel de Unamuno personaje y su criatura de ficción Augusto en el capítulo 31 de *Niebla* es un fragmento clásico en la historia de la literatura. Pocas veces se habrá planteado con tanta intensidad la relación existente entre un creador y un personaje que, por su hondura, puede terminar adquiriendo una existencia propia, tan consistente como la de aquel que le dio la vida. Aquí, por otra parte, se presentan al menos dos de los temas más relevantes de SAN MANUEL BUENO, MÁRTIR: el sueño y el suicidio.

Aquella tempestad del alma de Augusto terminó como en terrible calma, en decisión de suicidarse. Quería acabar consigo mismo, que era la fuente de sus desdichas propias. Mas antes de llevar a cabo su propósito, como el náufrago que se agarra a una débil tabla, ocurriósele consultarlo conmigo, con el autor de todo este relato. Por entonces había leído Augusto un ensayo mío en que, aunque de pasada, hablaba del suicidio, y tal impresión pareció hacerle, así como otras cosas que de mí había leído, que no quiso dejar este mundo sin haberme conocido y platicado un rato conmigo. Emprendió, pues, un viaje acá, a Salamanca, donde hace más de veinte años vivo, para visitarme.

Cuando me anunciaron su visita sonreí enigmáticamente y le mandé pasar a mi despacho-librería. Entró en él como un fantasma, miró a un retrato mío al óleo que allí preside a los libros de mi librería, y a una seña mía se sentó frente a mí.

Empezó hablándome de mis trabajos literarios, y más o menos filosóficos, demostrando conocerlos bastante bien, lo que no dejó, ¡claro está!, de halagarme, y en seguida empezó a contarme su vida y sus desdichas. Le atajé diciéndole que se ahorrase aquel trabajo, pues de las vicisitudes de su vida sabía yo tanto como él, y se lo demostré citándole los más íntimos pormenores y los que él creía más secretos. Me miró con ojos de verdadero terror y como quien mira a un ser increíble; creí notar que se le alteraba el color y traza del semblante y que hasta temblaba. Le tenía yo fascinado.

—¡Parece mentira —repetía—, parece mentira! A no verlo, no lo creería... No sé si estoy despierto o soñando...

—Ni despierto ni soñando —le contesté.

—No me explico..., no me explico —añadió—; mas puesto que usted parece saber sobre mí tanto como sé yo mismo, acaso adivine mi propósito...

—Sí —le dije—; tú —y recalqué este «tú» con un tono autoritario—, tú, abrumado por tus desgracias, has concebido la diabólica idea de suicidarte, y antes de hacerlo, movido por algo que has leído en uno de mis últimos ensayos, vienes a consultármelo.

El pobre hombre temblaba como un azogado, mirándome como un poseído miraría. Intentó levantarse, acaso para huir de mí; no podía. No disponía de sus fuerzas.

—¡No, no te muevas! —le ordené.

—Es que..., es que... —balbució.

—Es que tú no puedes sucidarte, aunque lo quieras.

—¿Cómo? —exclamó al verse de tal modo negado y contradicho.

—Sí. Para que uno se pueda matar a sí mismo, ¿qué es menester? —le pregunté.

—Que tenga valor para hacerlo —me contestó.

—No —le dije—; ¡que esté vivo!

—¡Desde luego!

—¡Y tú no estás vivo!

—¿Cómo que no estoy vivo? ¿Es que he muerto? —y empezó, sin darse clara cuenta de lo que hacía, a palparse a sí mismo.

—¡No, hombre, no! —le repliqué—. Te dije antes que no estabas despierto ni dormido, y ahora te digo que no estás muerto ni vivo.

—¡Acabe usted de explicarse de una vez, por Dios! ¡Acabe de explicarse! —me suplicó, consternado—, porque son tales las cosas que estoy viendo y oyendo esta tarde, que temo volverme loco.

—Pues bien: la verdad es, querido Augusto —le dije con la más dulce de mis voces—, que no puedes matarte porque no estás vivo, y que no estás vivo, ni tampoco muerto, porque no existes...

—¿Cómo que no existo? —exclamó.

—No, no existes más que como ente de ficción; no eres, pobre Augusto, más que un producto de mi fantasía y de las de aquellos de mis lectores que lean el relato que de tus fingidas venturas y malandanzas he escrito yo; tú no eres más que un personaje de novela, o de *nivola,* o como quieras llamarle. Ya sabes, pues, tu secreto.

Al oír esto, quedóse el pobre hombre mirándome un rato con una de esas miradas perforadoras que parecen atravesar la mira e ir más allá; miró luego un momento a mi retrato al óleo que preside a mis libros, le volvió el color y aliento, fue recobrándose, se hizo dueño de sí, apoyó los codos en mi camilla, a que estaba arrimado frente a mí, y, la cara en las palmas de las manos y mirándome con una sonrisa en los ojos, me dijo lentamente:

—Mire usted bien, don Miguel..., no sea que esté usted equivocado y que ocurra precisamente todo lo contrario de lo que usted se cree y me dice.

—¿Y qué es lo contrario? —le pregunté, alarmado de verle recobrar vida propia.

—No sea, mi querido don Miguel —añadió—, que sea usted y no yo el ente de ficción, el que no existe en realidad, ni vivo ni muerto... No sea que usted no pase de ser un pretexto para que mi historia llegue al mundo...

2. EL SENTIMIENTO TRÁGICO DE LA VIDA

El siguiente fragmento corresponde al capítulo 2 del libro *Del sentimiento trágico de la vida en los hombres y en los pueblos,* y resume la inquietud principal de Unamuno, aquella que le hizo escribir SAN MANUEL BUENO, MÁRTIR, cuyos ecos narrativos se escuchan al fondo de estas palabras ensayísticas:

Quedémonos ahora en esta vehemente sospecha de que el ansia de no morir, el hambre de inmortalidad personal, el conato con que tendemos a persistir indefinidamente en nuestro ser propio y que es, según el trágico judío [Baruch de Spinoza], nuestra misma esencia, eso es la base afectiva de todo conocer y el íntimo punto de partida personal de toda filosofía humana, fraguada por un hombre y para hombres. Y veremos cómo la solución a ese íntimo problema afectivo, solución que puede ser la renuncia desesperada de solucionarlo, es la que tiñe todo el resto de la filosofía. Hasta debajo del llamado problema del conocimiento no hay sino el afecto ese humano, como debajo de la inquisición del porqué de la causa no hay sino la rebusca del para qué de la finalidad. Todo lo demás es engañarse o querer engañar a los demás. Y querer engañar a los demás para engañarse a sí mismo.

Y ese punto de partida personal y afectivo de toda filosofía y de toda religión es el sentimiento trágico de la vida.

TALLER DE LECTURA

1. EL PENSAMIENTO DE UNAMUNO

1.1. El espíritu de contradicción no asoma aisladamente en la producción unamuniana, sino que es poco menos que su principio rector. No obstante, las ideas obsesivas del pensador reaparecen una y otra vez, y la novela que analizamos es una muestra.

 — Siguiendo las intervenciones de Don Manuel, señálense las principales inquietudes intelectuales unamunianas esbozadas en la Introducción y reflejadas en la Documentación.

1.2. En el Prólogo, el autor resume el origen de la angustia de su criatura en esta afirmación: «Lo que le atosigaba era el pavoroso problema de la personalidad, si uno es lo que es y seguirá siendo lo que es». En un momento dado, Don Manuel asegura que «no hay más vida eterna que ésta». Pero esa frase la pronuncia al filo de la muerte, con las fuerzas físicas (y hay que suponer que también intelectuales) menguadas, y su actitud tiene como base no una certeza negativa, sino la simple duda.

 — Dice Unamuno en *Del sentimiento trágico de la vida* que el corazón y la cabeza no pueden llegar a la misma conclusión. ¿En qué fragmentos de la obra se exponen argumentos del corazón y en cuáles de la cabeza? Y ¿qué pensaba Don Manuel sobre el «pavoroso problema de la vida eterna»?

1.3. Ese momento crucial que es la muerte es la más dramática manifestación de soledad. Ésta se nos aparece, en el caso de Don Manuel, como una inquietud obsesiva: la soledad incita a la meditación; la meditación conduce a la duda; y la duda, quizá, al descreimiento. El personaje, descartado un amor humano imposible por su condición de sacerdote, y tambaleante el andamiaje de creencias a que ésta le obliga, se refugia en la gente, en *su* gente.

 — ¿Cómo se concreta en la novela esa vinculación existente entre la soledad del protagonista y su anclaje emocional en Valverde de Lucerna? ¿Cómo se prolonga esa actitud de Ángela?

1.4. Varios de los elementos de la novela hablan de unas realidades materiales que aparecen *transustanciadas* en espirituales. Así sucede con la montaña y el lago, vigilantes silenciosos del devenir del pueblo. El apego a la geografía propia es rasgo que puede extenderse de SAN MANUEL al conjunto de la obra una-

muniana, y de ella al bloque de escritores noventayo-
chistas que tantas páginas de reflexión sobre España
escribieron.

 — Quizá esta indicación sirva para explicar por
qué Unamuno modifica un sintagma perfectamente asentado, *Iglesia Católica Apostólica Romana,* convertida una vez en *Iglesia Católica
Apostólica Española* y otra en *Santa Madre Iglesia de Valverde de Lucerna.* Las tres denomina-
ciones se utilizan en contextos diferentes. ¿Con
qué significado en cada caso?

1.5. Una de las acuñaciones léxicas más felices de
Unamuno es la de *intrahistoria* (en apresurada defini-
ción, el elemento inconsciente de la Historia), y la crítica ve en el protagonista de esta novela la encarnación
más elevada de este concepto.

 — ¿De qué manera en SAN MANUEL encuentra
traslación esa idea de *intrahistoria?*

2. CONCEPCIÓN DE LA LITERATURA EN UNAMUNO

2.1. El texto ofrece dos oportunidades a Unamuno
para emitir sus ideas sin necesidad de hacerlas pasar
por el filtro de sus personajes. Sucede así en el Prólogo
y en esas páginas finales en que se apostilla lo escrito
por Ángela. En ambos casos el escritor aprovecha la
circunstancia para mostrar su escaso aprecio por el argumento novelístico, quizá porque un dominio exce-

sivo de éste ahogaría las voces del pensamiento que se
desea transmitir.

 — Cuando Unamuno afirma, en esas páginas
epilogales a que he hecho referencia, que «en lo
que se cuenta en este relato no pasa nada», ¿qué
está queriendo decir?

2.2. El problema del género en que se inscribían sus
ficciones es para Unamuno poco menos que irrele-
vante. Esta novela podría considerarse también una
confesión existencial, una autobiografía espiritual no-
velada o, como quiere Shergold, una novela poemá-
tica: «Las mejores novelas son poemas», escribió Unamuno en *Tres novelas ejemplares y un prólogo*. A esa
despreocupación por los límites separadores de los distintos géneros literarios responde la invención unamuniana del concepto de *nivola*.

 — ¿En qué medida es aplicable a SAN MANUEL
esa concepción heterodoxa del género narrativo?
Dicho de otra forma: ¿qué la diferencia del modelo de novela más tradicional?

2.3. Dos veces se insiste en el carácter de posible historia verdadera que una novela puede tener. En una
conversación con Ángela Don Manuel le recomien-
da que lea novelas, porque «no son mejores las historias que llaman verdaderas». En el epílogo (no llamado
así, pese a que desempeñen ese papel las tres últimas
páginas) el Unamuno supuesto receptor de los escritos
de Ángela es más explícito: «La novela es la más ín-

tima historia, la más verdadera». Lo *sospechoso,* por
así decirlo, es la semejanza entre una y otra afirmacio-
nes, considerando el hecho de que son dos voces narra-
tivas teóricamente distintas las que las formulan.

 — ¿Cuál es el significado de ambas observaciones, y en qué se apoya el parecido conceptual de
ambas? Téngase en cuenta para ello lo que Unamuno dice en el primer párrafo de ese *epílogo*
final no reconocido: «¿Que se parece mucho a
otras cosas que yo he escrito?».

2.4. El procedimiento técnico del transcriptor que se
limita a dar a conocer al hipotético lector algo escrito
por otra persona tiene una larga tradición literaria que
se prolonga hasta nuestros días. Quizá el ejemplo de
las letras españolas contemporáneas más conocido sea
el de *La familia de Pascual Duarte,* de Cela, pero los
antecedentes se remontan al mismo nacimiento del género novela; es decir, al *Quijote* cervantino.

 — Compárense la manera en que Cervantes utiliza dicho procedimiento y la empleada en SAN
MANUEL. Plantéese la funcionalidad del recurso
en cuestión: ¿qué se consigue con su uso en la
novela de Unamuno?

2.5. En Unamuno hay más que una mera influencia de
Cervantes. Es identificación con el espíritu quijotesco
o, si se quiere decir de otra manera, con lo que Unamuno quiso ver de dicho espíritu: la genial creación
cervantina como símbolo de la Historia de España. En

Vida de Don Quijote y Sancho, Unamuno asimila un combate por el yo, el de Don Quijote, que el escritor asume como propio en su trascendencia filosófica.

 — Reflexiónese sobre la referencia cervantina inserta en el prólogo de SAN MANUEL y señálense aspectos concretos en que se crea detectar la presencia de Cervantes.

2.6. Los ecos literarios y filosóficos en hombre de tan vasta cultura como lo era Unamuno forzosamente habían de resonar en una novela como ésta. Al margen de otras conexiones que en la Introducción a esta edición se señalan, la voz de Santa Teresa de Jesús («Vivo sin vivir en mí») parece oírse cuando Ángela afirma: «No vivía yo ya en mí». La del *Hamlet* shakesperiano se escucha quizá cuando, poco antes de su muerte, Don Manuel asocia el sueño, la muerte y la vida («Y que sueñen, que sueñen. ¡Qué ganas tengo de dormir, dormir sin fin, dormir por toda una eternidad y sin soñar!, ¡olvidando el sueño!»), como siglos atrás hiciera en un célebre monólogo («To be or not to be») el desdichado héroe del escritor inglés («Morir es dormir... y tal vez soñar»). Nepaulsingh inserta SAN MANUEL, por su uso de las referencias bíblicas, en la tradición evangélica. Pero la fuente literario-filosófica más obvia es Calderón de la Barca, citado en el Prólogo, y luego evocado en el relato.

 — Compárese la filosofía subyacente en el drama calderoniano con el pensamiento existencial de Unamuno.

2.7. Pennington ha manifestado, como tantos otros críticos, sus dudas sobre la veracidad del relato de Ángela. Don Manuel redacta cartas de las madres del pueblo para sus hijos ausentes. ¿Haría lo mismo con las misivas enviadas a la narradora por su madre? Efectivamente, nada permite suponer que su caso fuera distinto del de las otras mujeres del pueblo. Posible conclusión: la imagen que de la figura del párroco se forma Ángela gracias a las cartas de su madre podría ser, paradójicamente, la que éste mismo ha querido que tenga.

 — ¿En qué medida variaría el sentido de la novela si aceptásemos tal interpretación?

2.8. Además del lector externo (cualquiera de nosotros), puede existir otro interno: aquel al que se dirige en el texto el narrador de la historia (por ejemplo: el del *Lazarillo* escribe su carta a alguien citado dentro del texto). En SAN MANUEL, Ángela no se dirige a nadie en concreto. Curiosamente, su deseo expreso es que las autoridades eclesiásticas no se enteren nunca de la verdad. Es evidente que escribe para desahogarse, pero esta precisión no aclara algunas dudas.

 — ¿Para quién escribe el personaje? Si lo que intenta es confesar sus propias inquietudes existenciales, ¿por qué no utilizar otro procedimiento? ¿Por qué no se plantea que una vez desaparecida ella esos papeles llegarán a manos de alguien que puede hacerlos públicos, contradiciendo su propósito de no revelar la verdad?

3. ELEMENTOS SIMBÓLICOS EN «SAN MANUEL BUENO, MÁRTIR»

3.1. El aparente realismo de SAN MANUEL no es sino un disfraz que encubre una realidad más compleja que en algunas interpretaciones llega incluso a la mitificación: la experiencia del lector eterniza a los personajes. Parte de esa realidad es un amplio conjunto de referencias simbólicas cuya función es facilitar el paso de la denotación a la connotación trascendente. El mismo título es susceptible de esa lectura. El nombre *Manuel* está adjetivado por partida triple: *santo* (apocopado en *san*), *bueno* y *mártir*.

 — Don Manuel es bueno porque esa característica es consustancial con su personalidad, y santo porque así lo consideran otros. Pero ¿por qué mártir? ¿Cuál de las interpretaciones anotadas en la Introducción es preferible?

3.2. En 1.4 se ha señalado la importancia de dos elementos de la naturaleza cuyo estatismo adquiere un significado profundo en el momento en que Don Manuel le pide a Ángela que recuerde a su hermano que «encontrará al lago y a la montaña como les dejó». En el mismo diálogo el sacerdote confronta el Nuevo Mundo con el Viejo en el que él se encuentra. Estas asociaciones (lo nuevo/lo viejo, los elementos inmóviles de la Naturaleza/lo que está en permanente transformación) son pertinentes si se recuerda que, como se ha explicado, montaña, lago y Don Manuel aparecen unidos en la misma cita, como si formaran un cuerpo único que no admitiese desgajamientos.

— Proporciónese una explicación del simbolismo oculto en las asociaciones mencionadas.

3.3. El título avanza el contenido religioso que el texto amplía. Los nombres, palabras y actos de varios personajes remiten a la tradición cristiana. En trance de muerte, Don Manuel se identifica con el Moisés que condujo al pueblo judío a su tierra prometida, pero no llegó a verla, y que dejó su legado a Josué (en la novela, Lázaro). Incluso las referencias geográficas, tal como se ha sugerido, pueden analizarse desde esa perspectiva.

 — Explíquense estos cuatro símbolos, los dos primeros derivados de la tradición cristiana: 1) el canto del gallo; 2) el agua, que en la novela parece asociarse a la oscura llamada del lago; 3) el buitre en la cima de la montaña; 4) la nieve.

3.4. Un buen número de datos avala la identificación de Don Manuel con Jesucristo: 1) Pide a Ángela la absolución, como Jesús solicitó de Juan su bautismo en el Jordán. 2) Se impone por la voz («divina»), como imaginamos que lo haría Cristo en sus prédicas. 3) Se le atribuyen curaciones sorprendentes. 4) Se nos presenta obsesionado por la limpieza; de la de corazón hablaba el Mesías en el Sermón de la Montaña. 5) Perdona *todos* los pecados. 6) Realiza, si ha lugar, trabajos manuales (Jesús ayudaba a su padre en las tareas de carpintería). 7) Pronuncia palabras idénticas a las del Salvador. 8) La gente intuye y espera su muerte, como pensamos que el pueblo judío suponía que la vida del Redentor sería breve. 9) Pide a sus íntimos que cuiden de sus ovejas cuando él falte. 10) Solicita que permitan que el tonto del pueblo, Blasillo, se acerque a él, como el Maestro pidió que los niños se aproximaran a Él. 11) El pueblo no termina de creerse la muerte de Don Manuel, como si esperara que se hiciese realidad aquella Resurrección que arrebató a Cristo de las garras de la muerte. 12) En torno a la sepultura del párroco fallecido se crea un lugar de culto. 13) Después de la muerte de Don Manuel alguien (Ángela) recogerá sus hechos, como hicieron los Evangelistas tras la muerte del Señor. 14) Como Éste para los cristianos, Don Manuel termina sirviendo de ejemplo que imitar por sus convecinos.

 — ¿Explica esa identificación el hecho de que el protagonista pida que se rece también por Nuestro Señor Jesucristo?

3.5. La carencia de descripciones en la novela refuerza la abstracción potenciadora de un simbolismo que sacrifica la lógica realista. Es difícil, por ejemplo, situar en el terreno de la realidad la muerte simultánea de Don Manuel y Blasillo, improbable coincidencia sólo justificable en el ámbito de la ficción literaria. En el manuscrito de 1930, Blasillo (a quien Cepeda Calzada identifica con el recuerdo de Raimundo, el hijo muerto de Unamuno) sobrevivía a la muerte de Don Manuel, igualmente poco verosímil por su exceso de preparación, pero al mismo tiempo conmovedora.

— ¿Qué sentido tiene la presencia del personaje en la novela y, sobre todo, el hecho de que muera a la par que Don Manuel? ¿Con qué recursos literarios y por qué motivo Unamuno diseña la muerte del párroco?

3.6. Regalado García ha interpretado la figura de Lázaro como trasunto del Unamuno joven, positivista, ateo, socialista, defensor del progreso y la razón; alguien, en fin, muy distinto del Unamuno maduro. Al final de la novela el personaje se declara curado de un supuesto *progresismo* evidentemente pernicioso (el mismo de que se vio afectado Unamuno en su juventud). En cualquier caso, las ideas iniciales de Lázaro son un compendio de tópicos anticlericales: él mismo reconoce que su conocimiento de los representantes de la Iglesia es absolutamente superficial («Me lo figuro»).

 — ¿Qué interpretación simbólica cabe dar al dato de que Lázaro retorne a España precisamente desde el Nuevo Mundo, desde una América todavía en muchos sentidos por descubrir?

4. Lenguaje de «San Manuel Bueno, mártir»

4.1. SAN MANUEL es un ejemplo modélico de conjunción de una lengua austera, desprovista de innecesarios alambicamientos, y de recursos expresivos que dotan al texto de esa peculiaridad que acostumbra a definir el estilo de un escritor. Como conviene a una confesión tan dramática como ésta a la que asistimos, las notas emotivas son abundantes: de ahí la proliferación de exclamaciones e interrogaciones. Junto a la reiteración de las palabras *lago, montaña,* abundan duplicidades expresivas como «mi verdadero padre espiritual, el padre de mi espíritu, del mío, el de Ángela Carballino», «aquí arraigó al casarse aquí», «se sentía lleno y embriagado de su aroma», «preocupaciones e inquietudes», «visitaba a sus enfermos, a nuestros enfermos», «íntima confesión doméstica y familiar», «la verdad, toda la verdad».

 — Todas ellas tienen un sentido expresivo más o menos claro, pero quizá el análisis de la que aquí se propone muestre ese significado de una manera evidente: «Mi hermano no les dijo nada, no tenía ya nada que decirles; les dejaba dicho todo, todo lo que queda dicho».

4.2. Ángela recuerda que Don Manuel les decía «cosas, no palabras».

 — ¿Qué cabe deducir de una observación como ésa, que tan sutilmente diferencia lo que son las palabras que se dicen de las cosas que se dicen?

4.3. La importancia de elementos deícticos (que muestran o señalan algo) como el adverbio de tiempo *ahora* o el de lugar *aquí* se ha señalado en la Introducción. Hay otros elementos lingüísticos merecedores de análisis: la anteposición de un artículo a un posesivo («una su hermana») o a un nombre propio («la Simona»), o la frecuencia de un leísmo gramaticalmente incorrecto (*le/s* por *lo/s*).

 — Identifíquense los ejemplos de leísmo incorrecto. Explíquense las motivaciones de los otros ejemplos lingüísticos indicados.

5. ESTRUCTURA DE «SAN MANUEL BUENO, MÁRTIR»

5.1. La estructura de SAN MANUEL es cerrada si tomamos como referencia al sacerdote, puesto que muere al final de la novela. En realidad, dado que su figura se prolonga con la existencia de Ángela, la circunferencia no ha quedado cerrada, porque la angustia de Don Manuel es ahora la de esta mujer que venera su recuerdo. De las dos personas que conocen su dramático secreto, una, Lázaro, no podrá ya difundirlo; pero sí lo hace la hermana de éste, en quien, además, se reproduce la tortuosa aventura espiritual del párroco. Tan abierta, en ese sentido, es la narración, que permite que el lector lucubre libremente sobre el futuro de Ángela, de quien conocemos el dramático presente, pero sobre cuyo futuro nada sabemos.

 — ¿Qué cambiaría en la novela si la estructura fuese cerrada y Ángela no nos comunicase sus angustias actuales? ¿Tendría el libro la misma intensidad?

5.2. La actuación del párroco en el caso de Perote es ilustrativa para el entendimiento de la novela, porque ejemplifica el pensamiento de Don Manuel. Pero, al margen de esto, el episodio en cuestión tiene una relevancia estructural.

 — ¿Qué sentido debe darse a dicho episodio, y por qué don Manuel procede como lo hace? Desde el punto de vista estructural, ¿qué aspectos de la narración avanza?

5.3. En la Introducción se señala la dualidad historia/naturaleza como uno de los ejes argumentales de la novela.

 — Desárrollense estas otras dualidades: certeza/duda; verdad/ficción; realidad/sueño; vida/muerte; actividad/contemplación; alegría/tristeza; conocimiento/ignorancia.

5.4. La crítica ha resaltado el carácter impresionista de las memorias de Ángela o ha hecho ver que la emotividad del personaje puede estar condicionando la realidad de los hechos, de modo que no hay forma de saber la verdad sobre Don Manuel, porque todo lo que conocemos de éste se basa en la reconstrucción de Ángela.

 — ¿Qué papel desempeña Ángela en la novela, al margen de su condición de narradora? ¿En qué medida podría estar proyectando en otro (el párroco) lo que son en el fondo sus propias dudas?

5.5. Las tres últimas páginas reintroducen la voz de Unamuno que habíamos perdido de vista al final del Prólogo. A la voz de Ángela corresponde la narración propiamente dicha; a la de Unamuno, convertido (como hizo en *Niebla)* en personaje de su propia creación, la apostilla. Desde el punto de vista constructivo esa coda parece innecesaria, porque el relato queda cerrado en sí mismo con las últimas líneas escritas por Ángela.

 — ¿Qué aporta ese colofón, y por qué Unamuno lo consideró necesario para una novela tan condensada?

5.6. Afirma Unamuno que su papel ha sido de mero transcriptor.

 — ¿Hasta qué punto podemos fiarnos de su testimonio cuando afirma que sus correcciones afectan únicamente a cuestiones nimias, relacionadas con la redacción? Lo mismo decía el transcriptor de *La familia de Pascual Duarte,* y lo cierto es que el texto que asegura haber respetado está repleto de puntos oscuros que hacen dudar de la veracidad de su testimonio.

6. COMENTARIO DE TEXTOS

6.1. *Desarrollo de comentario*

Por entonces enfermó de muerte y se nos murió nuestra madre, y en sus últimos días todo su hipo era

que Don Manuel convirtiese a Lázaro, a quien esperaba volver a ver un día en el cielo, en un rincón de
las estrellas desde donde se viese el lago y la montaña
de Valverde de Lucerna. Ella se iba ya, a ver a Dios.

—Usted no se va —le decía Don Manuel—, usted
se queda. Su cuerpo aquí, en esta tierra, y su alma
también aquí en esta casa, viendo y oyendo a sus hijos, aunque éstos ni le vean ni le oigan.

—Pero yo, padre —dijo—, voy a ver a Dios.

—Dios, hija mía, está aquí como en todas partes, y
le verá usted desde aquí, desde aquí. Y a todos nosotros en Él, y a Él en nosotros.

—Dios se lo pague —le dije.

—El contento con que tu madre se muera —me
dijo— será su eterna vida.

Y volviéndose a mi hermano Lázaro:

—Su cielo es seguir viéndote, y ahora es cuando
hay que salvarla. Dile que rezarás por ella.

—Pero...

—¿Pero...? Dile que rezarás por ella, a quien debes
la vida, y sé que una vez que se lo prometas rezarás y
sé que luego que reces...

Mi hermano, acercándose, arrasados sus ojos en lágrimas, a nuestra madre, agonizante, le prometió solemnemente rezar por ella.

—Y yo en el cielo por ti, por vosotros —respondió
mi madre, y besando el crucifijo y puestos sus ojos en
los de Don Manuel, entregó su alma a Dios.

—«¡En tus manos encomiendo mi espíritu!»
—rezó el santo varón (págs. 119-120).

El fragmento sintetiza el *tema* de la novela: la preocupación por la existencia del más allá. Don Manuel
defiende en su diálogo con Lázaro la misma idea que

pone en práctica en sus relaciones con la comunidad de la que es pastor: se puede ser feliz creyendo, incluso si esa fe carece de fundamento racional.

El modo básico de *exposición* es el diálogo. En él intervienen cuatro personas: Ángela, Lázaro, la madre de ambos y Don Manuel, que es el personaje principal del fragmento, puesto que conversa con los otros tres. Cada uno de estos personajes representa una forma distinta de concebir la fe: la más tradicional de la madre; el agnosticismo de Lázaro; la posible incredulidad no declarada de Don Manuel; la creencia que algún día podrá transformarse en duda de Ángela.

Don Manuel se manifiesta verbalmente en cada caso de manera distinta. Cuando se dirige a la madre de Ángela y Lázaro, su objetivo es proporcionarle consuelo en el trance de muerte en que ella se encuentra. De ahí que le diga aquello que la mujer desea oír. Utiliza, por lo tanto, un lenguaje de alguna manera elíptico, casi teológico, que no permite discernir con claridad sus propias dudas de fe. Lleva a la práctica así su idea de no fomentar en otras personas sus particulares inquietudes religiosas. Sus palabras a la moribunda tienen el tono protector y paternal propio de su ministerio religioso.

Muy distinto es el que emplea el personaje cuando se dirige a Lázaro. A diferencia de lo que sucedía en el caso anterior don Manuel utiliza con él un lenguaje autoritario, conminatorio. El objeto es imponer una idea que considera provechosa para otra persona: si Lázaro le dice a su madre que rezará por ella, le habrá proporcionado el mayor de los consuelos en sus últimas horas, porque la máxima aspiración de la mujer es ver a su hijo convertido a la fe. Don Manuel, de nuevo aplicando sus ideas sobre la felicidad de las personas, fuerza a Lázaro a reconocer implícitamente una religiosidad que no tiene. Interesante es la enigmática frase «Sé que luego que reces...», que parece dar a entender que ése puede ser un primer paso para que algún día el agnóstico Lázaro alcance también una felicidad quizá basada en la creencia.

Por último, la intervención de Ángela es breve en el diálogo, puesto que se limita a una frase, concisa pero significativa, porque revela el agradecimiento de la discípula a su maestro: «Dios se lo pague». En cualquier caso, su papel en el fragmento es, como en toda la novela, fundamental, por tratarse de la narradora.

El tono general es profundamente emotivo. A él contribuye decisivamente la efectista frase evangélica pronunciada por Don Manuel al final. Podría decirse que todo el fragmento tiene un tono teatral y hasta impactante sobre la sensibilidad del lector. Esa buscada teatralidad culmina con el esperado desenlace: entre los sollozos del agnóstico Lázaro, la muerte de la mujer, a la que pone punto final la citada frase del párroco.

En el *plano estilístico* es digna de notarse la aparición de los dos elementos simbólicos recurrentes en la novela: el lago y la montaña. El empleo reiterado de la conjunción copulativa *y* presta al fragmento una agilidad narrativa que contrasta con lo que imaginamos es la lenta agonía de la mujer. Otras reiteraciones léxicas ayudan a mantener el difícil equilibrio entre la prosa literaria y la naturalidad del lenguaje: «*En* el cielo, *en* un rincón»; «*Usted* no se va [...], *usted* se queda»; «*Su* cuerpo *aquí, en esta tierra, y su* alma también *aquí en esta* casa, *viendo y oyendo* a sus hijos, aunque éstos ni le *vean ni le oigan»; «*Le verá usted *desde aquí, desde aquí.* Y a todos *nosotros en Él,* y a *Él en nosotros».*

6.2. *Propuesta para el comentario:* Coméntese el siguiente fragmento de SAN MANUEL BUENO, MÁRTIR, atendiendo a los siguientes aspectos: 1) Recursos expresivos. 2) Inclusión de elementos simbólicos. 3) Relación del texto con las dudas que plantea la veracidad de lo narrado. 4) Conexión con las ideas fundamentales de la novela.

Y al escribir esto ahora, aquí, en mi vieja casa materna, a mis más que cincuenta años, cuando empiezan a blanquear con mi cabeza mis recuerdos, está nevando, nevando sobre el lago, nevando sobre la montaña, nevando sobre las memorias de mi padre, el forastero; de mi madre, de mi hermano Lázaro, de mi pueblo, de mi San Manuel, y también sobre la memoria del pobre Blasillo, de mi San Blasillo, y que él me ampare desde el cielo. Y esta nieve borra esquinas y borra sombras, pues hasta de noche la nieve alumbra. Y yo no sé lo que es verdad y lo que es mentira, ni lo que vi y lo que soñé —o mejor lo que soñé y lo que sólo vi—, ni lo que supe ni lo que creí. No sé si estoy traspasando a este papel, tan blanco como la nieve, mi conciencia que en él se ha de quedar, quedándome yo sin ella. ¿Para qué tenerla ya...?

¿Es que sé algo?, ¿es que creo algo? ¿Es que esto que estoy aquí contando ha pasado y ha pasado tal y como lo cuento? ¿Es que pueden pasar estas cosas? ¿Es que todo esto es más que un sueño soñado dentro de otro sueño? ¿Seré yo, Ángela Carballino, hoy

cincuentona, la única persona que en esta aldea se ve
acometida de estos pensamientos extraños para los
demás? ¿Y éstos, los otros, los que me rodean, creen?
¿Qué es eso de creer? Por lo menos, viven. Y ahora
creen en San Manuel Bueno, mártir, que sin esperar
inmortalidad les mantuvo en la esperanza de ella.

7. ACTIVIDADES INTERDISCIPLINARIAS SOBRE «SAN MANUEL BUENO, MÁRTIR»

7.1. *Contexto histórico y cultural*

7.1.1. La producción narrativa de Unamuno ha sido
considerada antecedente directo del existencialismo,
quizá el movimiento filosófico-literario más influyente
del siglo XX. Algunos críticos, como Foster, han resaltado, sin embargo, los vínculos estéticos con el expresionismo, sin que falten las observaciones sobre el
nexo que une a Unamuno con el krausismo.

 — Expónganse las características generales de
las tres orientaciones artísticas e intelectuales
enumeradas, haciéndose hincapié en la posible
influencia de cada una de ellas sobre el pensamiento que Unamuno manifiesta en SAN MA-
NUEL.

7.1.2. Las influencias perceptibles en las páginas de
Unamuno tienen, lógicamente, más que ver con la filosofía que con la literatura: Kant, Hegel, Schopenhauer,
Nietzsche, Bergson. En el Prólogo, Unamuno menciona
a Kierkegaard, fuente de muchas de sus reflexiones.

— Vincúlense las ideas más conocidas de este filósofo danés (cuya lengua llegó a conocer Unamuno) con las expuestas en la novela.

7.1.3. En la literatura podemos encontrar un a manera de espejo de problemas de nuestro presente, por cronológicamente distantes que se encuentren éste y aquélla. Además, desde una cierta perspectiva marxista (la de Blanco Aguinaga, por ejemplo), la falta de referencias históricas sería en sí misma significativa.

 — Apórtese información acerca de las siguientes, incluidas todas ellas en la novela de Unamuno: la masonería, el liberalismo y el sindicalismo católico.

7.1.4. La figura del sacerdote es habitual en la narrativa decimonónica de la Restauración, pero también se halla presente en nuestra literatura del siglo XX. El ejemplo quizá más conocido es el del Mosén Millán de *Réquiem por un campesino español* (1953), de Ramón J. Sender. Pueden evocarse también el *Diario de un cura rural* (1936), de Georges Bernanos, *El poder y la gloria* (1940), de Graham Greene, o *El cura de Monleón* (1936), de Pío Baroja.

 — La brevedad de la primera de las novelas citadas puede dar pie a una lectura que permita establecer diferencias y semejanzas entre los protagonistas de Unamuno y Sender.

7.1.5. SAN MANUEL se escribió en una España domi-
nada por las turbulencias políticas, algunas de las cuales afectaron a la biografía de Unamuno. No se puede
vincular directamente la peripecia argumental de la novela con su tiempo, pero sí es obligado insertarla en él.
Incluso se ha llegado a sugerir la posibilidad de que el
aparente tono conservador del libro pronosticase el ad-
venimiento de la República y expusiera las reservas
del autor ante el socialismo y el anarquismo.

 — Reflexiónese sobre la posibilidad de que el
desencanto que se advierte en la novela pueda
relacionarse con las circunstancias personales
que vive el escritor en ese momento. Relació-
nense los sucesos históricos más importantes en
torno a 1930.

7.1.6. Como se señala en la Introducción, la crítica ha
relacionado la novela de Unamuno con el narrador ita-
liano Antonio Fogazzaro, representante de una tendencia neoespiritualista próxima al modernismo, doctrina
condenada por Pío X en 1907 (y que, naturalmente,
nada tiene que ver con el movimiento estético del
mismo nombre).

 — Búsquese información sobre las ideas fundamentales de esa orientación filosófica, y coté-
jense con las de Unamuno.

7.1.7. Unamuno no se aparta excesivamente de las líneas maestras que definen la narrativa que podemos
considerar *realista,* pero introduce en ella componen-

tes nuevos. No se trata sólo de que los personajes no aparezcan descritos con minuciosidad, y de que de ellos apenas conozcamos otra cosa que no sea la inquietud espiritual que los agobia. Sucede, además, que el entorno (que aquí, al contrario de lo que es habitual en las ficciones de este escritor, existe) aparece dominado por apenas dos elementos, la montaña y el lago. Personajes y ambiente aparecen supeditados al análisis de los procesos espirituales de Don Manuel, Ángela y Lázaro, engendrándose de esta forma un relato filosófico, hecho hasta cierto punto anómalo en la tradición literaria española.

 — Recuérdese el mayor número posible de novelas, españolas y extranjeras, que puedan considerarse inscritas en una línea de narrativa *filosófica*.

7.2. *Análisis de las ideas*

7.2.1. El fragmento que sigue es una de las bases para la interpretación del libro, porque condensa el pensamiento del Unamuno maduro. Dice Don Manuel: «Déjalos, pues, mientras se consuelen. Vale más que lo crean todo, aun cosas contradictorias entre sí, a no que no crean nada. Eso de que el que cree demasiado acaba por no creer nada, es cosa de protestantes. No protestemos. La protesta mata el contento».

 — Contrástense los principios del dogma católico con aquellos puntos en que el protestantismo se separa de él, con objeto de establecer

algún tipo de relación con las inquietudes de
Don Manuel.

7.2.2. Las interpretaciones del pensamiento unamuniano reflejado en la novela acerca de la fe distan mucho de ser convergentes. Sostienen algunos que en ningún momento Don Manuel afirma expresamente que
no crea en Dios: se limita a dudar de la inmortalidad
del alma; por tanto, SAN MANUEL no puede considerarse ejemplificadora de un pensamiento *ateo*. Pero
hay quien ve en Unamuno un ateo convencido; muchos
lo juzgan un cristiano a su manera, más próximo al
protestantismo que al catolicismo. «Su voluntad de
creer es todo lo contrario de un ateísmo radical», escribe Charles Moeller en su obra clásica *Literatura del
siglo XX y Cristianismo* (Madrid, Gredos, 1964, IV),
coincidiendo así con Pedro Cerezo en que quien busca
a Dios, ya lo ha encontrado.

 — Razónese la idea con la que, de entre las
apuntadas, se esté más de acuerdo.

7.2.3. Una cierta lectura de la novela podría detenerse
exclusivamente en los aspectos existenciales *negati-
vos:* la esperanza es imposible; todo hombre, pobre o
rico, es infeliz únicamente por el hecho de haber nacido; la vida carece de sentido que la justifique; el conocimiento conduce a la desdicha; la mentira es preferible a una verdad siempre desoladora. Una lectura
más atenta nos desvelará aspectos existenciales más
positivos.

— El alumno puede asumir la postura de cualquiera de los tres protagonistas, justificando las ideas y conductas del personaje elegido. Puede partirse de las observaciones que siguen relacionándolas con la última frase del Prólogo escrito por Unamuno: «Y quiera Él que te encuentres a ti mismo».

a) Don Manuel afirma: «Hay que vivir. Y hay que dar vida».

b) Ángela escribe: «Y es que creía y creo que Dios Nuestro Señor, por no sé qué sagrados y no escudriñaderos designios, les hizo creerse incrédulos. Y que acaso en el acabamiento de su tránsito se les cayó la venda. ¿Y yo, creo?».

c) Lázaro no cree, pero considera «santa, santísima» la causa del párroco.

8. CONCLUSIÓN

Es muy posible que deba considerarse SAN MANUEL como «la máxima novela religiosa escrita en castellano en lo que va de siglo» (Aguilera). Las siguientes palabras de Moeller definen el mundo entero de Unamuno y, específicamente, el de esta novela: «La incomparable grandeza de Unamuno está en afirmar, en verso y en prosa, en ensayos filosóficos y en obras de teatro, en artículos de crítica y en novelas, la absurdez fundamental de este mundo si no hay un más allá».

BIBLIOGRAFÍA COMPLEMENTARIA

Recojo aquí referencias bibliográficas sobre la novela unamuniana que completan, por su carácter de aportaciones recientes, aquellas que se proporcionan al principio de esta edición.

BRANCAFORTE, Benito: «El objeto del deseo en *San Manuel Bueno, mártir*», en VV.AA., *Homenaje a Antonio Sánchez Barbudo* (Madison, Universidad de Wisconsin, 1981), págs. 109-115.

BUTT, John: *Miguel de Unamuno. «San Manuel Bueno, mártir».* Londres, Grant & Cutler-Tamesis, 1981.

CEPEDA CALZADA, Pablo: «Sobre su novela *San Manuel Bueno, mártir*», en D. González Molleda (ed.), *Actas del Congreso Internacional del Cincuentenario de Unamuno* (Salamanca, Universidad, 1989), págs. 421-423.

DÍAZ-PETERSON, Rosendo: *Las novelas de Unamuno,* Potomac, Scripta Humanistica, 1987.

ELIZALDE, Ignacio: *Miguel de Unamuno y su novelística,* Zarauz, Caja de Ahorros Provincial de Guipúzcoa, 1983.

FERNÁNDEZ, Ana María: *Teoría de la novela en Unamuno, Ortega y Cortázar,* Madrid, Pliegos, 1991.

FERNÁNDEZ DÍAZ, María del Carmen: «Análisis semiológico de *San Manuel Bueno, mártir,* de Unamuno», *Cuadernos para Investigación de la Literatura Hispánica,* 8 (1987), págs. 107-114.

FRANZ, Thomas R.: «The Poetics of Space in *San Manuel Bueno, mártir*», *Hispanic Journal,* 16/1 (prim. 1995), págs. 7-20.

GARCÍA FERNÁNDEZ, Carlos Javier: *Metanovela: Luis Goytisolo, Azorín y Unamuno,* Madrid, Júcar, 1994.

GLANNON, Walter: «Unamuno's *San Manuel Bueno, mártir*: Ethics Through Fiction», *Modern Language Notes,* 102/2 (mar. 1987), págs. 316-333.

NICHOLAS, Robert L.: *Unamuno, narrador*, Madrid, Castalia, 1987.

PAYO, Estanis: *Leyendo a Unamuno: sugerencias de «San Manuel Bueno, mártir»*, Madrid, Guía, 1985.

TRIVES, Estanislao Ramón: «El análisis cuantitativo en la aproximación semiótica al proceso de lectura de *San Manuel Bueno, mártir,* de don Miguel de Unamuno», en VV. AA., *Teoría Semiótica. Textos literarios hispánicos* (Madrid, CSIC, 1986), II, págs. 829-834.

ULLMAN, Pierre L.: «Análisis contrapuntual de *San Manuel Bueno, mártir»*, en VV. AA., *Actas del X Congreso de la Asociación Internacional de Hispanistas* (Barcelona, PPU, 1992), págs. 317-324.

COLECCIÓN AUSTRAL

Serie azul: Narrativa
Serie roja: Teatro
Serie amarilla: Poesía
Serie verde: Ciencias/Humanidades

ÚLTIMOS TÍTULOS PUBLICADOS